이기적인 시와
이기적인 시론

이 도서의 국립중앙도서관 출판예정도서목록(CIP)은 서지정보유통지원시스템 홈페이지(http://seoji.nl.go.kr)와 국가자료공동목록시스템(http://www.nl.go.kr/kolisnet)에서 이용하실 수 있습니다. (CIP제어번호: CIP2016019349)

이기적인 시와
이기적인 시론

권혁재 지음

마인드북스

시를 사랑하는 당신에게

2004년에 등단을 하고 나서 지금까지 다섯 권의 시집을 상재했다. 다작을 남발할 정도로 시를 썼지만 내 마음에 드는 작품은 별로 없다. 이런 사정을 알 리가 없는 주위의 시인들은 부러워하였지만 나 자신은 시를 남발한 것 같아 마음이 편치 않았다.

이 책을 쓰게 된 처음 의도는 '이기적인 시와 이기적인 시인' 들에 관한 것이었다. 그러나 자료를 수집하면서부터 내가 쓰기에는 스케일이 너무 크고, 역부족인 것 같아 접어 버렸다. 그것도 한국문학사에서 한 획을 긋고 있는 김소월, 한용운, 서정주 등을 비롯하여 현재의 쟁쟁한 시인들까지 이기적으로 비교하여 썼다고 가정해 보라. 변방의 조용한 시인이 괜스레 파문을 일으켜 뒷감당을 어찌할 것이며, 독자들을 현혹할 마음이 추호도 없다.

그래서 궁리 끝에 나의 시집에서 작품을 선별해서 내 시에 대한 작품론과 짧은 시론을 첨가하여 나에 대한 '이기적인 시와 '이기적인 시론'을 쓰기로 방향을 틀었다. 여기에 수록된 마흔여섯 편의 시는 시집이 상재된 순서대로 발췌하여 선별해 넣은 것이다. 별도의 장이나 작품 세계 구분 없이 하나의 차례로 통일시켜 놓았다.

그래서 어쩌면 이 책은 내 시선집이자 옅은 시론집이 될지도 모른다. 시 창작 수업을 십 년 넘게 지도하다 보니 시나 시론에 대한 책 한 권 정도는 쓰고 싶다는 욕심도 없지 않아 있었다. 책에 나오는 시론에 대한 짧은 담론은 '시적인 것'을 좀 더 '시적인 것'으로 실마리를 제공하는 차원에서 초기 습작 과정에 주로 나타나는 문제점들을 모아 정리하여 놓은 것이다. 그래서 어느 특정 형식에 구애받지 않고 자유롭게 썼다.

이런 차원에서 시 창작 초기 과정에서 자주 나타나는 단점을 자각하여, 시를 사랑하는 당신이 창작 활동을 하는 데 도움이 되었으면 하는 작은 바람만이 있을 뿐이다.

2016년 8월 맹하에
권 혁 재

차례

1

북해도

아침인데도 해는 떠오르지 않았다
벌써 한밤을 알리는 달이 중천에 떠올라
낮과 밤이 없는 신대마을의 야윈 삶을
골목 구석구석으로 몰아냈다

아랫도리를 검게 드러내놓은 갯벌에
이젠 벗지 않아도 될 밀물도 들어오지 않았다
아이들이 띄운 연이 하천부지에 떨어지던 날
토지분쟁 소송에서 패소를 하였다

개흙냄새를 빼앗긴 소작농 동리
그곳은 신대 부락민들의 유배지였다
울분을 안고 죽은 장정들의 주검이
미등기로 떠돌아다니는 신대리

서해의 비릿한 바람이
무리를 지어 고개를 쳐들고 있는
마른 독새풀을 흔들어댔다

보이지 않는 분쟁이 바람과 함께
검게 타들어 가며 늙어 갔다
죽어서도 북해도를 향해 눕는 소작인들

끝을 모를 삭망의 바람이 휘돌아다니는
하천부지 논배미에서 이태 전 돌아가신
아버지가, 낟가리를 치고 계셨다
서해의 비릿한 바람이 다시 불어왔다.

시는 아픈 상처를 드러낸다

경기도 평택군 팽성읍 신대2리 211번지.

내가 태어난 등본상의 주소지다. 1960년대 초에 경상북도에서 농지 간척사업을 위해 이주한 사람들이 새로 형성한 마을이라 해서 신대리라는 지명을 얻었다. 한때 한국전쟁 직후 감옥을 뜻하는 영창이 있었다 해서 영창 동네라고 불리기도 하였다. 이주민들은 인근 동네 원주민들의 텃세에 눌리어 경상도 보리 문둥이라는 소리도 서슴지 않게 들었다.

아산만 방조제가 막히기 전까지는 바닷물이 들어와 하천 부지 논들을 유실시키곤 했다. 근처 미군 부대 채석장에서는 돌을 깨는 착암기 소리와 다이너마이트 발파 소리도 수시로 들려와 살기에는 아주 척박한 곳이었다.

밤이면 부대 비행장에서 부챗살을 펴는 듯한 빛을 그리며 넘어가는 유도등이 보였다. 때로는 그 불빛이 아리랑 고개를 넘어가는 장단맞춤이라 하여 철조망이 둘러쳐진 미군 부대 바로 앞마을을 아리랑 고개라 불렀다.

홋카이도, 관광이나 삿포르 도시로 유명한 일본 최북단에 있는 섬.

그 홋카이도가 북해도라는 우리말로 신대리에도 있었다. 거
친 밀물과 썰물이 시작되고 개흙 냄새가 풍기는 곳, 토지분쟁
의 패소를 알리는 삭망의 바람이 휘돌아다니고 울분을 안고
죽은 신대부락민들의 주검이 미등기로 묻힌 곳도 북해도였다.

토지분쟁 소송에서 패소를 한 날
울음바다가 된 소작농 부락을
장정들이 무리를 지어 빗물로 떠돌다
바다에 몸을 던져 울분을 끊었다

그해 장마는 그렇게 왔다
어머니의 가슴속에서 후두둑거리는
장대비로 그렇게 시작되었다
갯벌물에 불은 장정들의 손에는
죽어서도 소유하지 못할
한 줌의 흙이 꼭 움켜져 있었다
분노가 연일 마을을 휘돌아
몇 명의 장정들이 더 바다에 몸을 던져
긴 장마만큼이나 겁에 질리게 하였다.

인간이 사유하는 세계를 글로 완벽하게 옮길 수 있는 경지는 어디까지일까? 아마도 이러한 질문은 다른 또 하나의 세계를 탐색해 내고 창조해 내는 독자나 작가들 입장에서 한번쯤은 다 해 보았을 것이다. 시가 인간의 내면적 표출의 한 방법으로 삶을 단절시키거나 결합시키면서 대상과 정서를 응시하게 한다는 데서 더욱 그러하다.

일찍이 옥타비오 파스가 말한 "하나의 정의를 정당화하고 또한 육화함으로써 생명을 부여하는 존재를 인식시키는 당연한 것"이라는 시에 대한 명제는 시인을 더 고통스럽고 긴장하게 한다.

시 창작 초기에 맞닥뜨리게 되는 어려운 용어 사용이나 이해에서 오는 중압감이 가뜩이나 어려운 시를 더 어렵게 부채질한다. 그것은 다름 아닌 이미지, 상징, 비유, 전경화, 낯설게하기, 함축 또는 압축 등의 말들이다.

분명 시는 언어를 축적하는 산문과는 본질적으로 다르게 몇 가지 시의 장치가 필요하다. 이것은 시가 근본적으로 지니는 규칙이기도 하지만 시를 유지하는 데 크나큰 의미나 가치를 동시에 지니게 해 준다. 이래서 혹자들은 시를 아주 특별한 사람들만 쓰거나 공유하는 줄 알고 있다. 또 시 자체에 무슨 고상한 것이 있을 거라는 오해를 하기도 한다.

시가 부모나 사랑, 개인의 아픈 서정을 노래하는 것을 진부

하다고 거부하거나 수용하지 못하는 시인들이 더러 있다. 그러나 문학에서 이러한 것을 배제시키고 내용적으로나 주제적으로 접근할 수 있을까.

결론은 그렇지 못하다는 것.

시란?

가슴 아픈 상처를 드러내는 것에서 비롯된다. 상처를 따뜻하게 보듬어 줄 때 시가 발아되는 것이다. 잠재의식처럼 깔려 있는 상처를 다 드러낸 후에야 비로소 자기 내면을 확산시키는 것이 시이다.

2

토우

평택 삼리에 비가 내렸다
저탄더미 속에 들어간 빗물이
검은 까치독사로 기어 나왔다
석탄재 날린 진흙길 따라
드러누운 경부선 철길

나녀가 흘린 헤픈 웃음 위로
금속성 거친 숨을 몰아쉬며
기차가 얼굴 붉히며 지나갔다
한 평 쪽방의 몇 푼어치 사랑에
쓸쓸함만 더해주는 기적소리

누이의 교성이 흘러 다니는 삼리
누이의 꿈은 거기에 있었다
밤마다 사랑 없는 사랑이
하늘로 가는 문턱을 움켜잡고
비명을 질러댔다

축축한 신음소리만 되돌아오는
갈 길 먼 꿈들은, 역광장에 쏟아져 나와
가슴 뚫린 퍼런 그림자로 떠돌아 다녔다
갈 수 없는 가난한 어머니의 품을 찾아서

무뚝뚝한 하행선 열차가 떠나가고
반 시간쯤 후에 비가 내렸다
부활의 율동으로 옷을 벗는 누이,
삼리에 내리는 비릿한 도우.

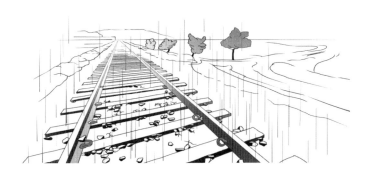

관대함을 버리고 비참하게

　기차표를 끊는다. 어디든 갈 수 있고 떠나간다는 것은 좋은 의미다. 떠나는 그 자체가 기분이 좋기도 하다. 기차를 기다리는 동안 역내 대합실을 빠져나와 역광장을 둘러보고 문설주에 기댈 무렵, 비가 내리기 시작한다. 내리는 비가 까마귀 떼같이 삼리 쪽으로 휩쓸려 간다. 저탄더미가 있던 담장 너머로 줄지어 선 사창가의 홍등들이 비바람에 흔들린다. 바람이 불 때마다 날린 석탄재들이 인도까지 날아와 비가 내리면 빗물에 쓸려 물고랑을 검게 하곤 했다.

　그 검은 물빛은 사연 많은 누이들보다 더 검은 듯하다. 누구는 막내 동생 학비 때문에 누구는 궁상맞은 가난이 싫어서 누구는 빛에 떠밀려 막차를 탔다는 소문만 떠돌 뿐, 서로 아픈 정곡은 건드리지 않은 채 누이들의 조곤조곤한 목소리가 떠돈다.

　　골목과 골목 사이로 떠다니는
　　비릿한 정액냄새가

간밤에 내다 널은 속옷에서

안개처럼 차츰 증발한다

반쯤 열린 쇼케이스 너머로

뒤집힌 채 누워있는

분홍색 슬리퍼 한 짝

미처 챙기지 못한

조각난 꿈을 좇아왔는지

한데 잠으로 몸을 움츠린다

「토우」는 나의 등단 작품이다. 학생들에게 시 창작을 가르치
면서 문학기행으로 평택 사창가인 삼리를 잠시 둘러본 적이
있다. 학생 중 한 여학생이 누이들의 축축한 삶들이 와 닿았는
지 울기 시작했다. 시에서 어떤 공간은 정서를 삼투압처럼 여
과시켜 서정으로 흘려보내는 미학적 의의가 있다.

교성, 신음, 옷을 벗는 누이의 오브제에서 상징적 기능을 도
출해 내는 것이 시가 하는 궁극적인 본래의 역할이다. 시를 쓸
때는 이러한 관대함에서 좀 더 가혹해져야 한다. 비참하고 거
칠게 객체를 다뤄 내야 한다.

이것은 현실을 통찰하고 배열하여 현실 의미를 탐구하는 시
와 시인의 상관관계에서도 더욱 극명하게 나타난다. 부연하자

면 처음의 카오스 상태에 있는 현실을 시적으로 재배열하여 독
자로 하여금 현실을 인식하게끔 제시해 주어야 한다는 것이다.

다시 말해서 무질서로 널브러져 있는 무수한 현실의 상태를
시인이 고도의 상상력, 또는 형상화로 재배치하여 그것을 읽
는 독자들에게 현실 의미를 탐구할 수 있는 방향을 제시해 주
어야 한다.

3

투명인간

아내와의 잠자리에서도
나는 없다
눈 뜨면 나갔다 해 지면 돌아오는
나의 집에도 나는 없다
어쩌다 성원이 된 모처럼의
가족들간의 식사에서도
나는 없다
아들 녀석도 딸년도 없다
숟가락 젓가락만 은빛으로 흔들릴 뿐
보이는 사람은 아무도 없다

집에서건 직장에서건
나는 늘 제 위치에 있는데
나를 보는 얼굴은 누구도 없다
제대로 된 눈길 한번 맞춰주지 않는
불투명한 땅덩어리의 투명한 기도
거기에도 나는 없다
아무도 보는 눈길들이 없는 곳에서

오늘도 나는 혼자 밥을 꾸역꾸역 먹는다
물방울처럼 그렇게 나는 증발되고 있다.

증발되는 것들

사춘기 때 가장 해 보고 싶었던 것은 여탕을 훔쳐보는 것이었다. 더욱이 투명인간이 된다면 자유자재로 들락거리며 상상만 했던 여체를 마음껏 보기도 했을 텐데. 지금에서야 생각하면 유치하고 황당한 일이 아닐 수 없다.

우리는 투명인간 취급당했다는 말을 자주 한다. 그만큼 무시하거나 무시당했다는 소리이다. 각박한 현대사회를 돌이켜 보면 우리들 각자가 투명인간이 아닌가 싶기도 하다. 그러나 이미 1897년에 허버트 조지 웰스는 『투명인간』을 통해 소외된 인간의 고독감을 반영해 냈다. 동물을 실험 대상으로 삼아 인간의 욕망과 파괴적인 행동들에 대해 비판을 가하기도 했다.

오늘날의 무력하고 투명인간적인 현실을 이미 웰스가 예언하지 않았나 싶다. 아버지로 산다는 것은 가장의 의무이자 역할이기도 하지만 다른 한편으로는 굴레의 짐수레를 끄는 노예 같은 사소한 사람에 불과하다. 아버지는 한 아내의 남편이자 아이들의 아버지이기 전에 노동으로 존재감을 드러내는 사람이요, 노동의 대가로 식솔을 거느리는 보이지 않는 큰 제어장

치이다.

투명인간이 된다는 것, 투명인간으로 산다는 것은 소속감이 없고 경계인이 되었다는 뜻이다. 집에서건 밖에서건 가족들 간의 식사에서도 아버지를 보는 얼굴들은 하나도 없다.

썰물이 되어도 섬은 드러나지 않는다
늦은 귀가를 재촉하며 출렁이는
은빛 파랑이 지은 물비늘의 웃음들
현관문을 열고 들어서면
질퍽질퍽한 개펄이 밟힌다
등 뒤로 철썩거리며 쫓아온
거리의 물길이, 집 속에서 섬을 만든다

시는 증발되는 것들을 잡아내는 것이다. 사랑이 그렇고 인생이 그렇고 흐르는 시간이 그렇고, 그렇게 흘러가고 증발되는 것들을 물방울로 치환하여 돌려놓아야 한다. 균열되고 혼돈의 상태의 것들을 반듯하게 메우거나 재정리하여 코스모스의 상태로 환기시키는 것이 시의 본질이다. 시는 투명한 것에서 불투명하게 하거나 불투명한 것에서 투명하게 해야 한다.

이제 '시란 무엇인가'라는 인식론적 물음이 아닌 '시는 어떻게 있는가'라는 존재론적 물음이 더 우선시되어야 한다. 로만 야콥슨에 의하면 시는 지극히 가변적인 것이어서 시적인 것에서 안으로 파고들기도 하고 밖으로 튕겨져 나가기도 한다고 한다. '시적인 것'을 좀 더 '시적인 것'으로 만드는 게 이런 이유에서이다.

솟대

내가 날아가는 거리만큼
당신을 사랑했으면 좋겠다
내가 기다리는 시간만큼
당신에게도 기다림이 있었으면 좋겠다
새가 되고 싶은 나무들이
부리로 하늘을 쪼아대며
즈믄의 날갯짓으로 퍼덕여도
저기 어디쯤 당신이 있으면 좋겠다
나무가 되고 싶은 새들이
날개를 나뭇잎처럼 파다닥거리며
영겁의 물관을 타고
뿌리에서 우듬지까지 거슬러 올라도
당신에게 가는 아사한 사랑이
나에게도 있었으면 좋겠다
바람같이 부르는 손짓에
이내 들뜨다 긴장하는 온몸
내가 날아가는 거리만큼
당신을 사랑했으면 좋겠다.

사소한 관심

부안 지역 하섬 앞을 지나다 솟대로 이루어진 숲을 본 적이 있다. 핵폐기장 반대 시위가 한창이던 시기였다. 핵을 연상시키는 리본이 걸린 수많은 솟대를 일찍이 본 적이 없었기 때문에 그 충격은 쉽사리 가라앉지 않았다. 그것도 거리를 예측할 수 없는 긴 길을 따라 갯벌에 박혀 있는 솟대에 나는 절망을 넘어서는 인간의 위대한 희망에 압도당했다. 그날 이후 나는 온통 노란 리본으로 뒤덮인 솟대를 몇 달이 지나도 잊을 수가 없었다.

마음 한구석에 자리한 불편한 사랑같이 늘 무슨 말을 자꾸 하고 싶어졌다. 오늘도 바람이 불었는지, 어제는 어디까지 걸어갔는지, 아침저녁으로 물새들이 울고 갔는지 모든 게 궁금하여 조바심이 나기도 하였다.

느티나무 껍질이 단단한 것은
외부로부터 받는 자극 때문이 아니라

29

중심에서 밀어내는 외로움의 두께 때문이다
내 상처도 시간이 지나면
외부로부터 받는 자극 때문이 아니라
중심에서 밀어내는 외로움 때문에
더욱 단단해질 것이다.

관심이란 단순히 호기심이 아니라 오랜 인내심으로 내밀한 초점을 모으는 것이다. 시는 처음의 사소한 관심에서 비롯된다. 그 사소한 관심을 어떻게 대상적으로 접근하고 어떤 주제로 말할 것인가의 문제에 더 치중해야 하는 것이 시의 작업이다.

시는 무엇을 쓸 것인가의 문제가 아니라 어떻게 쓸 것인가의 문제로 더 고민하고 집중력을 모아야 한다.

시와 시에 필요한 글감은 항상 우리 주위에 있어서 먼저 응시하고 인식하는 자만이 시를 획득할 수 있다. 시를 '쓴다' 혹은 '느낀다'는 표현에서부터 시를 더 거부할지도 모른다. 기존의 시에 대한 자동화되어 있는 지각 작용에서 체질 개선을 하는 것도 시를 새롭게 대하는 또 하나의 방법이다. 전통적으로 산은 푸르고, 바다는 넓고, 밤은 까맣고, 눈은 하얗다는 식의 기억 번지에 자동화되어 있는 시의 인식에서 이러한 것들을 제거해야 한다.

간월도 밤바다

밀물이 들면서 낮 동안의 기도가
자분자분 갯벌로 돌아나간다
물비늘 뒤척이며 기어오르는
지느러미가 없는 목어
눈물소리도 나지 않게
눈을 뜬 채 제 속을 다 긁어내고
캄캄한 밤바다를 가득 채운다
부처의 눈동자같이 깜박거리는
간월암 불빛,
바람에도 끄덕없이 타오른다
큰스님의 기침소리로
서녘을 건너가는 풍경소리

바다가 입을 다문다.

시는 하고자 하는 말을 내뱉는다

간월도는 원래 서해의 작은 섬이었으나 서산방조제가 완공되면서 차로 왕래할 수 있는 육지가 되었다. 굴밥, 어리굴젓으로 유명한 작은 섬. 수덕사의 말사인 간월암이 있기도 하다. 간월암은 무학대사가 달을 보며 득도를 했다는 유래에서 지어진 암자이다. 밀물과 썰물에 따라 간월암까지 들어가는 길이 열렸다 닫혔다 한다. 운이 좋게 썰물 때에 맞춰 도착하면 허락된 시간만큼 간월암을 둘러보게 될 것이다.

안면도 일대를 돌아다니다 늦은 저녁시간에 간월도에 도착한 적이 있다. 어둠이 내리기 시작할 무렵이었고 건너편 간월암 불빛이 바닷바람에 흔들리는 듯했다. 마침 밀물 때여서 바닷물이 들어와 간월암으로 들어가는 길을 닫아 버렸다.

그때, 나도 모르게 "바다가 입을 다물었네."라고 말했다.

바다가 입을 다물다니!

길에서 길을 뜯어 먹으며

열사를 건너는 혜초의 걸음인 듯

눌러 붙은 족적을 보고 나서야

배 밑 비늘로 걸었을 간단없는 만행이

그의 튼실한 행선의 나날이었음을

떠밀려간 길들이 혓바늘로 돋아나

밀경처럼 떨쳐버리지 못한 독이 되었음을,

시를 내뱉은 순간이었다. 그 짧은 순간에 시를 뱉어 버린 것이다. 시는 순간적으로 자신도 모르게 나올 때가 있다. 그런 순간적인 시를 좀 더 부연하여 영원하게 지속시키는 것이 시인의 능력이자 몫이다.

시는 억지로 짜내는 것이 아닌 부는 바람을 맞는 것처럼 자연스러워야 한다. 그 자연스러움에서 다만 하고자 하는 말을 내뱉는 것이다.

시를 읽고 분명한 메시지를 느끼지 못한다면 시를 쓴 사람의 고통과는 달리 독자는 슬프고 허전하다. 시인의 목소리를 통해 수많은 시들이 밖으로 나왔을 때, 이미 시는 시인의 것이 아니라 독자와 공유하는 것이기도 하다. 그렇기 때문에 독자와 시인을 연결하는 확실한 고리가 시 속에 내재해 있어야 한다.

더 나아가서는 시인의 것도 독자의 것도 아닌 우주의 전체
일 수도 부분일 수도 있다.

6

배꽃

봄바람 부는 날
배꽃이 눈발같이 내리면
눈 맞아 야반도주한
수원고모 울음소리가 들려왔다
하얀 모시바람으로 오줌을 누던
수원고모의 뽀얀 엉덩이
배꽃 닮은 아이를 낳고 싶다던
고모의 돌배 같은 소원은
배꽃에 휘덮여 깊은 잠을 잤다
달을 물고 죽은 고모의
배꽃 같은 순결이
하롱하롱 피어나는 봄밤이면
배꽃에서 달이 또 떴다.

분리시키거나 결합시키거나

어릴 때 뒤란에 핀 배꽃을 지금도 잊을 수 없다. 뒤란이 보이는 작은 창을 열면 봄바람에 묻어오는 풀냄새와 눈발같이 떨어지는 배꽃의 모습이 지금도 눈에 선하다. 처녀 때 고운 고모의 모습도 어른하다. 네 명의 고모 중에 수원고모가 가장 예쁘기도 하였지만 마음씨까지 좋아 나는 늘 고모를 따랐다. 당시 고모는 시집갈 때까지 우리 집에서 동거를 하다가 다니던 교회 목사님의 소개로 수원 지방으로 시집을 가서 수원고모라는 명칭을 얻게 되었다.

수원고모가 시집가던 날에 눈이 엄청나게 내렸다. 따뜻한 기온 가운데 함박눈이 많이 내린 것으로 기억난다. 종방을 보거나 축하를 해 주러 온 하객들은 눈이 많이 와서 수원고모가 잘 살 거라는 덕담들을 아끼지 않고 해 주었다.

하얀 미사보를 쓴 수원고모의 예쁜 모습이 생생하다. 해마다 배꽃이 바람에 날리면 수원고모의 일생을 추적하는 지나간 흔적들을 더듬곤 한다. 가끔 친구들이 배꽃나무 아래에 멍

석을 깔고 앉아 미나리부침에 소곡주 한잔 하자고 전화해 오
지만 아직까지 실천에 옮긴 적이 없다.

그믐밤마다
떠도는 도깨비불같이

당나무에 매달려 흐느끼는
삭망의 무명천같이

아랫도리가 가끔씩
뜨거웠다 차가웠다하는 게

순이의 순결인 것 같아
목욕재계하고 달빛아래에 서면

문신같이 새겨놓은
순이의 얼굴이 하르르 흔들린다.

시간을 되돌리는 것이 추억이고 기억이라면 그 추억과 기억

을 적출해 내는 것은 결국 시이다. 시는 어느 한 부분의 기억을 적출해 내서 그것을 분리시키거나 결합시키기도 하기 때문이다. 다시 말하면 결합에서 분리시키고, 분리에서 다시 결합시키는 것이 시의 기능인 것이다.

옥타비오 파스는 시적 창조를 언어에 대한 위반으로 시작한다고 하였다. 그는 시인을 일상적인 일과 관계를 맺고 있는 모든 말을 적출해 내어 일상적인 언어와 획일적인 세계를 구분한 다음, 그 구분된 언어들을 다시 소통의 대상으로 복귀시키면서 '결별과 복귀' 두 상호작용을 통해 시를 재창조하는 원동력이라고 파악하였다.

기능적 언어를 제일 먼저 언급한 이는 무카로브스키이다. 그는 『무카로브스키의 시학』에서 시와 언어의 연관성을 중심으로 시론을 전개하여 시의 언어가 시를 형상화하는 중요한 요소로 작용하는 특성을 밝혔다.

본질적으로 직접적이고 개인의 독특한 심리 상태에만 제한되는 감정적 언어는 초개인적이고 변하지 않는 가치를 창조하는 기능적 언어, 즉 시어와는 확연히 구별된다. 이런 기능적 언어는 시의 표현을 위해 언어체계를 적용함으로써 심미적 효과를 획득하게 된다.

7

단디해라

가장 간절한 말이어서
짧다
가장 염려하는 말이기도 하여서
또 짧다

식전 첫차를 타고 객지로 떠나는
아들의 어깨 너머로
태초의 말씀처럼 건네는 한 마디
처음 나를 독립된 개체로 치켜세우면서
세상 속으로 밀어 넣던 어머니의 목소리

병상에서 흐린 눈빛으로 나누던
한 박자 끄는 울림이
두레박 닿는 메아리로 되돌아오고

솔갈잎을 긁는 듯한 유언은
애틋하고 간절한 말씀이 되어

짧게도,

니, 단디해라.

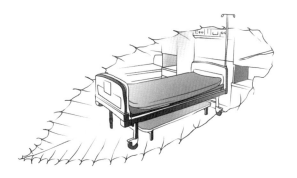

이미지의 농도를 적절하게

말기 암을 선고받은 아버지는 입원한 지 달포 만에 돌아가셨다. 진통제를 투여하거나 진통패치를 붙이지 않고는 아버지는 잠을 이루지 못했다. 입원하기 전까지 밤마다 고통으로 지새웠을 아버지를 생각하니 저간의 시간들이 아득했다. 하루는 여느 때와 똑같이 퇴근을 하여 아버지를 찾아뵈었다. 그날따라 유난히 깊은 눈으로 나를 한참이나 바라보시던 아버지의 눈동자를 잊을 수 없다. 뭔가 할 말씀이 많은 듯 계속 나를 주시하였다. 천장에 매달린 형광등에 반사된 아버지의 눈매가 눈물에 젖은 듯 반짝거렸다.

그것이 마지막 눈맞춤이었다. 내가 병원을 나서 집으로 돌아와 옷을 벗을 즈음 나 다음으로 병원에 들른 매제로부터 아버지가 사경에 들은 것 같다며 집으로 모신다는 급한 전화가 왔다. 시골집에 도착하자 아버지는 나를 기다리지 못하고 돌아가시고 말았다. 나는 결국 임종도 지키지 못한 불효자가 되었다.

내게 아버지는 무뚝뚝한 전형적인 경상도 사내였지만 그런 아버지가 나 때문에 우신 적이 있다. 후일 어머니를 통해 들은 이야기였는데, 내가 군대를 가서 집으로 보낸 사제품을 받고 내 방으로 가만 들어가 우셨다는 것이었다. 그 후로 나는 아버지의 말없는 잔정을 다시 생각하게 되었다.

구급차는 길바닥에 드러누운 낙엽들을 덮치며
이차선 도로를 달리고 있었다
추수가 끝난 빈 들판을 지키는 달까지 쫓아와
사경에 드는 좋은 달이라고 위로하는 밤
집으로 내달리는 길이 어둑어둑하였다
가로등이 조등처럼 밝혀진 골목어귀
뒤란의 따지 못한 대봉들이 조문을 하고
소를 묶던 가죽나무에는 만장이 내걸렸다
만가가 이명증으로 도지는 밤이었다
아버지에게 안부를 묻는 시월의 하순 즈음이었다.

시를 잘 쓰려면 일상적 어투의 극복에 있다. 이는 평면적 언어를 지양하고 입체적 언어를 운용할 줄 알아야 한다. 말이 거창한 입체적 언어지 따지고 보면 일반어와 대립되는 기능적 언어이다. 기능적 언어는 효과적으로 시를 유지해 주는 시어이다.

시어는 일반어와 구별이 되어야 한다. 그렇다고 시어 자체가 따로 존재하는 것이 아니라 언어를 시인이 취사선택하여 활용함으로써 분위기, 의미 확대, 암시, 연상 작용 등을 독자에게 부여해 환기시켜 주어야 한다.

이 시는 아버지의 이야기를 어머니로 대체시켜 쓴 글이다. 시에서 정서를 확장시켜 나가는 것은 이미지의 농도를 적절하게 배합시키는 것이다. 아버지에게 유언은 듣지 못했지만 항상 나를 걱정하고 있을 말씀 소리가 생생히 들리는 듯하다.

니, 단디해라.

8

죽음을 들다

친구네 부모님 문상 가는 일이 잦아진다
내가 그럴 나이가 되었다기 보다는
나도 이제 죽음의 가까운 경계에
서서히 다가가고 있음을 본능적으로 안다
한 술 떠 넣는 육개장에도
들이키는 한 잔 술에도
죽음을 끌어당기는 힘이 있는지
발끝에서 이미 퇴화가 진행된 신경들이
찌릿찌릿 저려온다
어깨너머로 섰다를 보기도
술이 취한 친구의 주정을 받아주는 사이
어쩌면 죽음은 콩나물처럼 쑥쑥 자라나
내 머리카락부터 풍화시키고 있는지도 모른다
죽음에 가까워지는 자가 관을 들어 보면 안다
삶이란
스스로의 무게를 나누면서
죽음을 가볍게 들어 올린다는 것을,

그러면서 점점 죽음에 익숙해지려고
가까이 다가서고 있다는 것을.

한 세계를 통해 다른 세계를

죽음의 무게는 얼마일까?

망자가 누린 삶의 무게에 따라 가볍고 무거울까?

어릴 적 동네 할아버지의 상여를 쫓아가 시포에 쌓인 주검을 본 적이 있다. 그 후로 몇 년간 혼자 집에서 밥을 차려 먹지 못했다. 시포에 쌓인 주검이 자꾸 떠올라 겁이 났기 때문이다.

아침 일찍 걸려 오는 전화나 저녁 늦게 걸려 오는 전화는 매일 불안하다. 부고를 들을 것만 같아서다. 특히 환절기에는 그런 일이 잦다. 가끔 상을 당한 친구네 가서 운구를 해 줄 경우가 있다. 그럴 때마다 내가 느낀 것은 대체로 관의 무게가 가볍다는 것이다. 죽음에 들면서까지 무게를 나눠 가볍게 만들어 상주들을 배려해 주는 망자의 마지막 선물이 아닌가 싶기도 하다.

귀퉁이가 무너진 회벽집이

바람에 웅웅거리며

향불연기에 가려 더 뿌옇게 보였다

어린 상주대신 바람에 나부끼는

타르쵸가 구슬프게 울었다

경전이 닳도록 바람이 읊는

망자의 짧고도 긴 연혁

바람이 번져가는 사원의 도량만큼

하늘 모서리에서 환생의 문을 여는

바람의 사원

시에서 죽음은 재생, 부활, 환생 등으로 비유되어 부단히도 표현되어 왔다. 죽음은 수평 지점을 기준으로 해서 하강과 상승 방향으로 구분되는데, 하강은 대체로 어두운 죽음 자체를 상승은 죽음을 초월한 재생의 의미로 표현해 냈다.

죽음은 시에서 하나의 다른 세계를 창조해 내는 이상의 것이다. 그러므로 그에 맞는 세계를 만들어 내야 한다. 시는 한 세계를 통해 다른 세계를 만들어 내기 때문이다.

9

회색눈동자

이주노동자 사무실에서 만난 키엠
킴이라고 부르면 키엠이라고 대답하던
라이따이한 키엠
킴과 키엠의 어설픈 사이에서
킴과 키엠이 될 수밖에 없는
물소 눈동자를 닮은 키엠
원하지도 않은 이름의 덤으로
킴과 키엠으로 불리며
아버지의 덤을 덜어야만 하는 키엠
그의 눈에는 눈동자가 없다
그의 눈에는 눈물이 없다
이국異國과 이국二國의 더딘 세상물정으로
키엠과 킴이 건너는 교차로에는
가변 신호등만 깜박거린다
해거름의 이주노동자 사무실 앞
물소 한 마리가 어둠에 젖어
야자수 숲으로 발길을 돌린다
회색 달빛이 물소 눈동자에 빠져든다.

이중적인 시어

베트남 전쟁 때, 1963년부터 1973년까지 한국군의 파병은 32만 명이 넘었다. 좋게 말하면 외화벌이였고 나쁘게 말하면 용병이었다. 라이따이한은 베트남 전쟁 동안에 한국군 아버지와 베트남 어머니 사이에 태어난 아이들을 비하하는 말에서 유래되었다. 당시 라이따이한의 수가 얼마나 많았던지 1만 명에서 최대 3만 명까지 추측만 할 뿐 정확한 수치를 파악하지 못했다 한다.

최근에는 베트남과 경제 교류를 재개한 이후에 신라이따이한이 생겨났다. 여기에 이주노동자의 등장과 함께 그들의 현황과 문제점들에 대한 실질적인 대책을 마련하지 못했다. 2009년을 기준으로 114만 명의 이주노동자의 유입과 12만 명의 국제결혼 이민자가 발생했다.

내가 알고 있던 키엠도 그런 이주노동자 가운데 한 명이었다. 흑색도 백색도 아닌 회색 눈빛을 가진 라이따이한 키엠.

아버지의 성이 킴일 것 같아 킴이라고 부르면 키엠이라고 우기면서도 아버지의 나라나 아버지를 결코 원망하지 않는다는

키엠의 말에 물소눈동자처럼 키엠이 더 순박해 보였다. 이국이
지만 이국이 아닌 아버지의 나라에서 가변신호등처럼 불안하
게 깜박거리며 살아가는 그의 더딘 세상물정이 야자수 숲으
로 빠져드는 듯하였다.

트린,
이번 달은 몸이 많이 아파 잔업을 하지 못해서
이것 밖에 보내드리지 못합니다.
당신을 생각하면, 어떤 인간대접도
어떤 잡일도 하고 싶어도 몸이 아프면
그냥 서글퍼져 울고 또 울기만 합니다
용역 사장은 꾀병을 부린다며 온갖 욕설로
동물원 원숭이에게 과자 하나 던지듯
처방도 받지 않은 약을 먹으라고 성화만 부립니다
일에 치이고 인간차별에 치이다 하루 일을 끝내고
불결한 숙소로 돌아와 누우면
바람에 날리는 당신의 머릿결과 바나나 잎들이
코끝을 간지럼 태우며 남지나해로 가로질러갑니다.

이중의 시어는 복선과 복선을 연결시키며 결국 일관된 주제나 제재로 끝을 맺는다. 시에서 이중적인 시어들은 비교가 되는 다른 대상을 효과적으로 비유하기 위한 시적 장치로 쓰인다. 이중적인 시어의 사용은 단점이 될 수도 장점이 될 수도 있으므로 시의 전체적인 흐름을 파악한 뒤 적절하게 잘 운용해야 한다.

10

평택쌀

너희의 고향은 이제 평택평야가 아니다
새 봄이 와도 너희는 뿌리도 뻗지 못한 채
호적에서 말소를 해야 하느니라
너희의 고향은 아메리카하고도
라스베가스, 허리우드 거기 어디쯤 Hey란다

너희의 고향은 더 이상 평택들판이 아니다
관제탑 서치라이트에 밤잠을 설친 독새풀들이
벼의 모가지를 칭칭 감아 질식시키면
너희는 은장도를 만지작거리는 각오로
사망신고를 해야 하느니라

내 땅이면서 벼패기를 하지 못하는
내 근본은 이제 미군기지 험프리스
빠다, 초콜릿, 햄버거가 피처럼 섞여
Hey들이 Hey로 hey hey거리며
벼의 그루터기들이 서로의 몸을 비벼대는
빈 들판

집에서 쫓겨난 아이의 시린 발 위로

치누크 프로펠러 굉음이 척척 쌓인다.

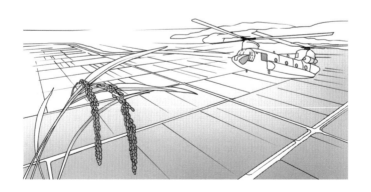

시사적인 것을 더 시사적으로

시골집 마당에 서서 내려다보면 바둑판 같은 들판과 평야 너머로 미군 부대가 보인다. 이제는 기지를 더 확장하여 그 까마득한 들판의 절반이 부대 진지 공사로 한창 바쁘다. 들판을 갈아엎고 미군의 최첨단 기지가 되어 버린 평택평야. 평택은 이제 평야가 아니다. 더는 벼들이 살 수 없는, 쌀이 생산되지 않는 빠다, 햄버거 냄새가 진동하며 Hey들이 hey hey거리는 새로운 험프리스 기지가 된 평야.

어릴 때 소를 몰고 검은 철조망이 쳐진 부대 옆을 지나다 보면 가끔 미군 병사들이 우유나 주스를 건네곤 했는데, 나는 그들의 행동이 너무도 시혜적인 것 같아 무시해 버렸다. 그럴 때마다 같이 간 형들이 성질머리 좁다고 핀잔을 해댔지만 내겐 미국은 적어도 쉽게 허용할 수 있는 우방은 아니었다.

통학을 하다 버스 유리창으로 보인 그들의 모습이 쉽게 이해가 되지 않았다. 조그만 풀장에서 수영을 하는 모습이나 파라솔 밑에서 수용복만 걸친 채 콜라를 마시는 그런 모습들에서 나는 작은 적개심을 이미 품고 있었는지도 모른다.

2014년도 주한 미군 방위비 분담금이 9,200억 원이라 한다. 향후 인상될 소비자 물가를 감안하면 2018년 이후에는 1조 원을 넘어설 것으로 보인다.

비현실적인데 현실은 그렇지 못하다. 아니 어쩌면 현실이 더 비현실적이라 하겠다. 부조리에서 부조리를 직설적으로 시로 드러내는 것은 사회 현실 인식을 누구나 공감할 수 있게 해 준다.

이제 평택은 평야가 아니다
머지않아 아버지의 묘를 이장하고
소작농의 간기가 밴 논을 밀어서 만든
활주로의 유도등이 부챗살처럼 넘어가면
C3수송기, U2기, T-10기, 스텔스가
참새대신 캠프험프리를 날아오르리라

이제 평택은 평야가 아니지
영영 마지막이 될지도 모르는
쓸쓸한 귀향의 하루가
평택 평야에서 서해의 끄트머리로
목젖에 차오르도록 달려갔다.

현실 사회나 대상이 아름답거나 사랑스럽지 않는다 해도 시는 그런 사회와 대상을 아름답게 바꾸고 사랑하게 해 주는 큰 힘과 메시지가 있다. 이는 시의 주제와 매우 밀접한 관계를 맺고 있다.

시에는 하고자 하는 말이 분명히 내재되어 있어야 한다. 시를 쓰다 보면 화려한 치장과 난해한 묘사로 시 자체를 묽게 하는 경향이 있다. 이것은 마치 김빠진 탄산음료수와도 같다. 병 뚜껑을 오프너로 밀어 올릴 때 펑하는 소리와 함께 솟아오르는 강한 힘과 부드러움이 시에도 있어야 한다.

시는 시사적인 것을 더 시사적으로 부각시켜 대중에게 알리는 대자보 같은 것이다. 거기에는 대중들의 노래와 바람이 섞여 있기 때문이다.

11

첫눈

나염부 엄반장이 노조가입동의서를 돌리고
염색부 정반장은 불량 난 원단을 끊어
머리띠를 만들었다
금방이라도 터질 듯한 눈발은
공단의 높은 굴뚝들에 가로막혀
눈치를 보며 주춤거렸다
노조설립취지의 설명을 하러
이층 식당 계단을 오르는 엄반장의 어깨가
풀썩거리며 하늘 귀퉁이를 건드렸으나
눈은, 오지 않았다
주야간 막교대로 피마른 하루가 가고
한 달이 가도 우리의 시작은 언제나
오늘이었다
염료가 찌든 나염가다를 톨루엔으로 닦다
구토를 하고 정신을 잃어도
돈벼락같은 눈발은 내리지 않았다
주야간 막교대와 피마른 잔업에
자괴감만 보너스로 받은 첫 월급 날

정반장과 막소주를 대작하다
주정에 지쳐 잠든 그믐 밤
눈발이 내렸다, 그 해 첫눈이었다.

서사 구조를 다룰 때

제대를 하고 복학대신 휴학 신청을 하고 대구 염색공단에 취업을 했다. 미래에 대한 불안감과 불확실한 것들로부터의 막연한 두려움, 그리고 무엇보다도 학비가 문제였다. 숙소는 경비실에 딸린 빈방을 동료와 같이 쓰기로 했다. 경비실을 통해 드나드는 원단 운반차와 출하하는 차의 소음으로 야근을 마치고 눈을 붙이는 날은 잠을 설치기가 일쑤였다.

내가 맡은 부서는 나염부로 원단에 각종 문양에 따라 날염을 하는 것이었다. 그 당시 제일 인기 있는 문양은 자가드라는 원단에 여러 모양의 꽃을 화려하게 나염기로 찍은 것이었다. 일이 손에 익을 무렵 나염부 엄반장이 노조가입동의서를 돌리며 각 부서를 돌아다녔다. 그 모습을 2층 사무실 난간에 어깨를 기댄 채 상무가 못마땅한 얼굴로 내려다보았다. 노조에 가입하는 사람은 해고시킨다는 사측의 겁박에도 노조에 가입한 수는 성원이 되어 회사에게는 부담이 되는 존재가 되었다.

지금이야 대구 비산 염색단지가 사양 산업으로 많이 폐쇄되었지만 90년대 초까지만 하여도 성황이었다. 지금도 공단의 수

많은 굴뚝을 통해 솟아오른 연기를 잊을 수가 없다. 주간과 야간조가 막교대를 들어가는 아침 저녁의 인사와 막막한 표정들, 피 마른 하루가 가고 한 달이 가도 우리의 시작은 언제나 오늘이었다.

한낮의 열기가 찜통 같은 작업장에서 나염가다를 톨루엔으로 닦다 구역질이 난 적이 한두 번이 아니었다. 그렇게 피 마른 잔업과 주야간 막교대로 한 달이 가고 월급날이 왔다. 들뜬 마음으로 노란 월급봉투를 조심히 뜯어 본 순간, 내 손이 떨렸다. 기대가 크면 실망이 크다 했던가. 당시 내가 받았던 월급은 16만 원이었다. 나의 존재 가치와 내 능력이 그것밖에 되지 않는 것에 대해 심한 자괴감이 밀려왔다. 눈치 빠른 정반장이 소주 한잔 하자며 팔을 끌었으나 마음은 여전히 무거웠다.

1970년 11월 근로기준법을 준수하라고 외치며 평화시장에서 전태일이 분신한 지도 46년이 된 작금에도 노동자의 근로 조건은 크게 개선된 게 별로 없다. 그만큼 정치가 성숙하거나 발전하지 못한 것을 반증해 주는 셈이다.

해고통지서가 부고장처럼 전해지자
기어이 올 것이 오고 말았다는
동지들의 얼굴이 금속성 빛으로

싸늘해져갔다

한솥밥을 먹었던 동지들이

해고통지서 수령여부에 따라

하루아침에 적이 되어 각기 다른 편에 서야 했다

살아 있으라는 눈빛으로 건네던

간절한 희망들은 차츰 절망으로 바뀌어

직장이 폐쇄가 되고 서로의 마음에

아득한 상처만 남긴 채

등을 돌렸다.

시에서 서사 구조는 매우 조심해서 다뤄야 할 시 쓰기의 유형이다. 서사 구조는 소설에서 주로 쓰이지만 시에서도 소설을 읽는 듯한 맛을 내기 위해 종종 쓰이기도 한다. 서사는 스토리 형식으로 이루어지지만 대개는 말하는 사람의 인칭에 따라서 내용 전개나 긴장 유지가 달라질 수 있다.

그러므로 인칭의 선택과 스토리 형식도 고려해야 한다. 이를테면 서사 구조를 이끌어 가는 방식에 telling과 showing이 있다면 어느 것이 시의 전체적인 문체와 분위기에 맞는가를 선택해서 시를 써야 한다.

12

소설 小雪

막교대 철야를 마치고 돌아와
아내가 남기고 간 찬밥을 먹는다
아내의 고단한 체취가
개수대에 걸린 밥알 같이
퉁퉁 부어오르는 신새벽
작은 눈이 내린다
눈이 내리는 만큼이나 기대했던 형편은
아이들이 자라는 속도보다 느려
번듯하게 좀체 펴지를 못한 채
밀린 공과금, 밀린 잠으로 쏟아진다
내 작아지는 가슴 위로
작은 눈이 내린다
앞으로 차츰 큰 눈이 내리고
추위도 살벌하게 닥쳐올텐데,
저녁 막교대를 위해 나는 다시
한잠을 붙인다
아내가 남기고 간 찬밥 위로
작은 눈이 쨍하게 내린다.

시를 쓰는 방식

다음은 무엇을 말하는 것일까?

1. 부채 없는 30평 이상 아파트 소유
2. 중형 이상의 차 소유
3. 현금 보유 1억 원 이상
4. 매년 해외여행 1회 이상

답은 슬프게도 직장인을 대상으로 조사한 한국 중산층의 기준이다. 한국 중산층의 파워는 총선, 대선에 크게 영향을 미칠 뿐만 아니라 소비와 문화의 권력까지 형성하고 있다. 그렇다면 외국의 경우 중상층의 기준은 무엇인가? 미국 공립학교에서 가르치는 중산층의 기준을 보면 다음과 같다.

1. 자신의 주장에 떳떳하고
2. 약자를 두둔하고 강자에게는 대응할 것
3. 불의와 불법에는 강하게 저항해야 하고

4. 책상 위에는 정기적으로 보는 비평지가 놓여 있어야 한다.

　너무나 많은 의미에서 크게 대조된다는 차원에서 씁쓸하다 못해 참담하다는 생각이 든다. 중산층은 그렇다 치고 소시민은 어떻게 살아야 하는가? 소시민의 권리와 인권은 어떻게 보장받아야 하는가?

　나는 찬밥 먹는 것을 좋아한다. 데워 먹기가 귀찮아서가 아니다. 밥의 시원한 느낌이 좋아서이고 어릴 때부터 찬밥 먹기에 익숙해진 탓도 있으리라. 가끔 설거지를 하다 개수대에 걸린 밥알을 볼 때가 있다. 시원하게 지워 버리지 못하고 자꾸 눈에 거슬리는 불편한 것처럼 쉽사리 떨어지지도 않는다.

　눈이 내리는 날, 야근을 위해 한잠을 붙여야 하는데 밀린 공과금, 번듯하지 못한 형편 때문에 잠보다 살벌한 추위가 먼저 닥쳐왔다.

　쟁의 찬반투표가 가결이 된 날
　성구미에는 진종일 비가 내린다
　마음먹은 대로 살지 못하는,
　사람을 사람대로 놔두지 않는
　한 세상을

횟감처럼 얇게얇게 벼린다
큰아이의 학원비를 안주삼아
한 잔 알싸하게 털어 넣고
아내가 조마조마해하는 공과금도
늘어나는 소주병만큼 쌓인다.

시를 쓰는 방식에는 두 가지 방법이 있는데, 묘사와 진술이다. 시를 형상화하는 데 있어서 묘사와 진술은 없어서는 안 될 매우 중요한 두 요소이다. 감동이 있는 시는 묘사와 진술의 적절한 배합에서 만들어지기 마련이다. 묘사에 무게를 많이 준 시는 감각적이고 입체적이지만 진솔한 감이 떨어지기 쉽다.

묘사로 이루어진 시는 회화적이어서 내용이 겉돌 수 있고, 진술에만 의존한 시는 내용이 깊을 수 있지만 관념적이 될 수도 있다. 그러나 진술과 묘사는 시적 주체의 자기동일성을 고백하거나 회화적으로 시의 분명한 주제를 끌고 가면서 독자에게 반성과 희망을 가져다주기도 한다.

진술에 의한 방법의 글 중간중간에 묘사를 삽입하여 시의 산뜻한 맛을 살려내는 비유나 이미지, 상징 등을 적절히 배치시키는 것이 시를 이루는 황금비율이다.

시 쓰기의 방식은 시의 분위기를 살려내는 양념 같은 존재다.

13

주저주저

공단식당 현관 앞
아무렇게나 벗어 던져진 신발 무더기 틈에서
내 발걸음이 주저주저한다
한 나절의 질긴 노동이
구겨지고 헤진 안전화 위에 내려앉아
숨 고르는 것을 방해하는 게 아닌지,
그 속속들의 야무진 시간이
버티고 있는 작업화 사이사이로
깨끗한 내 구두를 밀어 넣는 것이
그들에게는 오염이 되는 게 아닌지
잠깐잠깐 사이에 주저한다
밥을 먹는 내내
양복 입은 나 혼자 깍두기인 것 같아
뜨는 밥조차 눈치가 보여
체기로 올라온다
기름과 노동에 절은 작업복들은
서로의 젓가락이 되어
맛있는 만찬을 하는데

양복을 입은 나는 번듯한 자본처럼

그들의 경계인이 된다

그들도 주저주저하고 나도 주저주저하는

쓸쓸한 공단식당.

생수 같은 시

　의도치 않게 불편한 장소에 갈 때가 있다. 또 쇼핑센터나 결혼식장 등에서 느닷없이 예전에 잠시 사귄 남자 친구나 혹은 여자 친구를 만난다면 분위기가 서먹할 때가 있다. 직업상 양복을 평상복처럼 입는 나는 기름진 작업복을 입은 전문직 종사자들을 대할 때는 언어나 행동에 각별히 유의한다. 옷차림에서 차별되는 거부감과 직업의식에 대한 편견을 주거나 받지 않기 위해서다.

　밥을 먹기 위해 자리에 앉을 때도 내 주위에는 잘 앉지 않으려고 피해 다니는 사람이 더러 있다. 그중에는 늘 기름진 냄새를 풍기는 친구도 있고 땀내가 배인 친구도 있었다. 그러나 밥을 먹고 일어날 때 나는 피하는 그들의 손을 따뜻하게 잡아주곤 했다.

　한때 밥을 먹으러 자주 드나들던 공단식당이 있었다. 공단 입구에 있어서 자연스럽게 이름도 공단식당이 되어 버렸다. 한번은 그 공단식당으로 밥을 먹으러 갔는데, 마침 점심시간이 겹쳐서 그런지 자리가 이미 만석이었다. 수많은 신발 무더기 틈에 구두를 벗어 놓고 식당 입구 한쪽에 서서 자리가 나기를 기다리는데, 밥을 먹던 사람들의 시선이 일시에 내 쪽으로 집중되었다.

순간 따가운 시선에 부담감과 미안함이 교차되었다. 그것도 기름과 노동에 절은 작업복을 입은 무리에 번듯한 자본처럼 양복을 입고 서 있었으니 그 경계의 눈초리와 주저주저하면서 밥을 먹는 동작들이 잠시 정지된 화면처럼 보였다.

대학병원 앞 약국에서
약을 수령하다 그를 만났다
다리를 절며 유리창에
파리하게 비친 그
하루의 반이 아직도 채무처럼
손톱에 낀 기름으로
검게 남아 있었다
어색한 웃음 속으로
낮달이 박하사탕처럼
한 입에 다 들어갔다
버스정거장으로 향하는
그의 뒷모습이 휘청,
휘청거렸다.

시는 어떠한 사실이나 일들을 설명하거나 증명하지는 않는다. 다만 일어난 사건이나 있는 사실에서 메시지를 찾아내는 것이다. 메시지 안에는 메시지 이상의 많은 문맥이나 코드 등이 청자로 향하는 회로판 같은 것을 가지고 있다.

시의 작업이 처음부터 잘못되면 생수를 끓여 증류수를 만든 결과가 되어 버린다. 아무 맛이 나지 않는 밋밋한 증류수처럼 시의 맛도 그렇게 되어 버린다.

시는 유기물질이나 미네랄이 가득 들어 있는 생수 같은 시를 써야 진짜 시인 것이다. 살아 있는 시, 사람 냄새가 나는 시를 써야 한다.

14

경향傾向에 읊다

세상을 향한 삐딱한
내 불온한 사상의 근원지는
저기 저 이십오 리에 걸쳐
쭉 뻗은 석문방조제다
바다와 뭍을
민물과 바닷물을 장벽처럼
막아서 경계하는 게 아니라
좌우의 길처럼 늘어선
그 경향에 대해
불온한 생각을 하는 것이다
좌라는 반대편의 우의 것들
우라는 반대편의 좌의 것들
뒤돌아서면 한 순간
모든 것이 같은 편에 있는 것들
석문방조제 가로수들은
모두 뭍 쪽으로 몸을 가누고 있다
어느 한 방향으로 기운다는 건

경향에 대한 본능을

단단하게 읊조리는 것이다.

거침없는 시사성

당진 지역 왜목을 가려면 석문방조제를 거쳐서 가야 한다. 방조제는 당진 송산면과 석문면을 연결하는데 길이가 무려 10km가 넘는다. 방파제가 완공되면서 400만 평의 산업용지가 조성되어 공단이 차츰 들어서고 있다.

방조제 길가에 심어진 가로수들은 자귀나무로 해풍의 영향에서인지 모두 육지 쪽으로 기울어져 있다. 자연에 적응하고 살아남으려는 생명에 대한 본질들의 위대함에 경이로움마저 들었다.

석문방조제를 지날 때마다 한쪽으로 치우쳐 있는 자귀나무를 보면서 내가 가장 먼저 떠올린 것은 경향에 기운다는 불온한 생각이었다. 다른 각도에서 보면 좌가 되기도 하고 우가 되기도 하지만 결국은 같은 편에 있는 것들을 어느 한 방향으로 기운다고 해서 불온하다고 생각하는 것은 철학이나 사상의 차이가 아닐까 한다.

심리학자들에 의하면 진보주의자의 뇌 구조와 보수주의자의 뇌 구조가 근본적으로 다르다고 한다. 태어날 때부터 유전학적으로 진보와 보수가 이미 결정되어 있다는 뜻이다.

언제부턴가 깨진 좌우의 균형이
차를 우측으로 또 우측으로 달리게 한다
세상의 인심도 우측으로 돌아섰는지
길도 우측으로 내려앉았는지,
멀쩡한 차가 자꾸 우측으로 기운다
우측통행을 하면서부터
좌측을 잃어버린 길
길이 우측으로 기울 때마다
좌측에 매달린 사람들이 출렁인다
좌측에 있던 사람들이 아우성을 지른다.

시는 뭇사람들의 노래이고 소리이다. 시는 사회의 변혁이나 개인들의 자각된 인식을 자아화시켜 내거나 세계화시켜 내기도 한다. 다른 차원에서 보면 동화, 또는 투사가 될 수도 있지만 시에 나타나는 대상은 궁극적으로 자아화, 세계화로 나타내는 것이 일반적이다.

시를 쓸 때 경계를 통해 경향에 대한 내용 전개를 할 때는 거침없이 담담하게 읊조려야 한다. 그것이 시의 거침없는 시사성이다.

15

모래폭풍

무언가 하고픈 말들이 있을 때
모래는 들고 일어나는 것이다
바람의 구령에 대오를 지어
아우성으로 일어나는 것이다
이슬 한 줌의 배고픔이 있어도
모래는 들고 일어나는 것이다
모래 사이사이의 한 배고픔 위에
다른 배고픔이 포개져 서로가 서로를
단단히 붙들고 일어서는 것이다
무언가 하고픈 말들이 있을 때
허공에 간절한 구호 몇 줄 새겨놓으려고
모래는 들고 일어서는 것이다.

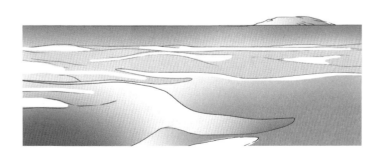

어조를 사용하는 방법

태안 기지포 해안을 걷다 때마침 몰아친 바람에 섞여 날아든 모래가 내 뺨을 세게 때리고 지나갔다. 몇 분 뒤 뺨이 얼얼하고 따가워지기 시작했다. 작은 모래알갱이의 위력을 새삼 확인하였다. 한두 개의 힘으로는 어림도 없겠지만 대오를 지은 모래들의 세력에는 당할 재간이 없었던 것이다.

힘이란 그런 것이다. 작은 것들이 모여 큰 것을 만들어 내는 것이다. 아무도 내 말을 들어주지 않더라도 누군가 나의 입을 가로막더라도, 하고픈 말들을 하려고 끝없이 일어나는 모래폭풍의 힘이 그런 것이다.

삶은 더불어 사는 것이기도 하지만 엄밀히 말한다면 혼자서 개척하고 적응해 가며 사는 것이다. 거기에는 좌절, 절망, 고통, 허기, 실연 등의 장애물이 등장하여 많은 회유와 포기를 강요할 것이다.

모래처럼 집단적인 성격의 공동생활은 개개인의 본질과 성격에 따라 강한 질서가 수반되기도 하는데, 대개는 정의와 불의, 폭력과 비폭력, 전쟁과 평화 등이 중요한 요소로 작용하여 왔다.

고대로부터 인류가 집단생활을 하면서 얼마나 많은 권력을 휘두르며 선량한 사람들을 희생양으로 삼아 왔던가. 전쟁이란 말을 서슴지 않고 사용하는 작금의 대통령과 장관급 인사나 국회의원들에게 프란체스코 교황이 했던 말을 전해 주고 싶다. 평화는 단순히 전쟁이 없는 게 아니라 정의의 결과라고.

정리해고로 노동자에게

극형을 내리는 순간에도

한숨의 희망은 절망으로

도돌이표로 돌아가

모두가 마른 울음으로

컥컥거리는 슬픈 허밍

각기 다른 음계들이

일시에 박자를 맞추는

본능의 숨결,

잔인한 하모니가 법정에

털썩 주저앉아 내린다

기막힌 소리가 내려앉는다.

시는 어조들을 가지고 있다. 화자에 따라 밖으로 드러나는 리듬의 유형이나 화자가 독자를 고려하는 태도를 어조라 한다. 화자가 전달하는 어조의 방법에 따라 전체적인 느낌과 분위기에 따라 시인의 감정 상태, 희망하는 것, 메시지의 성격 등을 짐작할 수 있다.

어조는 시대 상황의 모순이나 부조리 등을 드러낸다는 뜻에서 사용 유형에 따라 풍자, 냉소, 해학, 반어 등으로 구분하기도 한다.

16

아침이 오기 전에

아침이 오기 전에
내가 먼저 죽어야 한다

눈 뜨고 죽은 동료 노동자의
눈을 감기는 게 더는 싫다.

아침이 오기 전에
이 지옥 같은 옥쇄파업의
타결을 알리는 확성기소리가
아빠를 부르는 작은아이의 목소리처럼
들려왔으면 좋겠다
아침이 오기 전에.

*쌍용자동차 노동자가 파업이 빨리 타결되기를
바라는 심정으로 간절히 했던 말을 인용함.

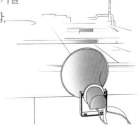

시를 더 시답게

평택 하면 떠오르는 세 가지 사건이 있다. 하나는 말이 참 많았던 천안함 사건이었고, 다른 하나는 미군기지 이전 반대, 그리고 마지막으로는 쌍용자동차 정리해고 사건이었다. 노동자에게 해고는 살인이나 다름없는 참형이다. 이런 일이 평택에서 자행되었다. 경영이 어려워진 쌍용자동차는 유동성 문제를 내세워 2004년 중국 상하이차에 경영권을 넘기게 되었다. 그러나 노조의 우려대로 상하이차는 자동차 생산기술을 중국으로 빼돌리기만 할 뿐 국내에 재투자를 전혀 하지 않았다.

심지어 2009년 4월에는 노조원 2,646명을 정리해고하였고, 2,000억 이상의 자산을 매각하기도 하였다. 이에 대해 노조는 강력히 반발하고 5월 22일부터 강제 진압당하는 8월 6일까지 77일간의 옥쇄파업에 돌입하게 되었다.

해고는 살인이다. 함께 살자고 외치며 옥쇄파업을 시작하였다. 신무기로 무장한 경찰은 단전과 단수를 감행하였고, 환자를 돌보는 의사마저 인도주의를 외면한 채 출입을 금지시키며 철저히 봉쇄작전에 돌입하였다.

77일간의 옥쇄파업을 하는 동안 아내와 어린 자식들이 아빠의 복직을 애타게 기원하며 공장 귀퉁이에 쳐진 천막에서 동참하기도 하였다. 이 비참한 사건은 현대 노동사나 현대사에서 결코 잊히지 않는 큰 사건임에는 분명하다.

협상 타결 이후 현장으로 돌아가지 못한 노동자들은 막노동, 대리운전, 신문이나 우유 배달을 하며 복직이 되기만을 기다렸다. 아직도 복직되지 못한 내가 아는 형은 보험설계사, 아웃소싱 잡부로 전전하다 최근에는 상가주택을 분양하는 팀에서 일하고 있다.

세월이 가고 나이가 들어도 잘 잊히지 않는 게 있다. 그것은 각자의 인생에서 트라우마 같은 극한의 환경에서 느낀 공포와 분노이다. 쌍용자동차의 문제는 해고가 아니라 국가가 국민의 손을 따듯하게 잡아 주지 못한 분노에서 시작된 것이다.

아빠를, 남편을 회유해달라는
공시송달서나 행정집행서가 집으로 최루탄 같이
날아들어 매서운 눈물을 더 나게 했다
법 없이도 살아왔던 마음 약한 동지는
횟병이 도져 밤사이에 심장마비로 죽고
강단 강한 동지는 울분을 참다못해

목을 매거나 연탄불을 피워 죽음으로 투쟁했다
죽음들이 도미노게임처럼 무너져가도
권력과 자본은 손을 놓은 채 방관만 하였다
누구도 믿을 수 없는 더러운 세상에
동지들의 영정만 늘어가는
공동묘지 같은 시대였다.

시인이 괴로워하는 시대는 그 사회가 병든 사회라고 『25시』
의 작가 게오르규가 말했다. 그만큼 온전하지 못한 사회일수록
시인의 위치와 역할이 얼마나 중요한가를 새삼 일깨워 주는
말이다.
시는 현실 속에서 시적 제재를 획득한다. 여기에는 다양한
체험을 통한 상상력을 밑바탕으로 현실의 문제점들을 진실하
게 드러내야 한다. 시가 현실을 수용할 때 그 양상은 두 가지
로 나타난다. 하나는 조화의 관계고, 다른 하나는 불화(부조화)
의 관계이다.
시를 좀 더 시답게 쓰려면 현실에 도전하고 극복하는 불화
의 관계와 더욱 친해져야 한다. 그때 비로소 시인의 즐거운 비
명을 들을 수 있을 것이다.
무질서, 획일적 폭력의 현실을 시적으로 재배열하여 독자로

하여금 현실을 재인식할 수 있도록 제시해 주어야 한다. 이것
이 시의 궁극적인 목적이다. 시는 존재의 실체를 끊임없이 변
모시키는 근원적인 것이기 때문이다.

17

육친肉親

여든의 생이 과했던지
관절 마디마디가 시린 어머니
뿌리조차 바짝마른 삭정이같이
앙상한 몸으로 병원길을 나선다
문진하는 의사의 말보다
전신의 통증을 구석구석 들춰내며
하소연이 더 많은 어머니
지천명의 자식 앞에서도
진료비가 많이 나올까 걱정한다
어쩌다 함께 먹는 한 끼의 식대도
자식이 눈치 채지 못하게
화장실 가는 척 몰래
계산하는 어머니
앞서가는 아들의 뒷꼭지를 보며
머리숱이 휑하다고 하시는 말씀이
당신의 육친 한 곳을 바라보는 듯
출렁출렁 양수羊水의 강을 타고 흐른다.

시는 꾸미는 게 아니다

아침 일찍 걸려 오는 전화는 영락없이 어머니에게서 온 것이다. 이른 아침에 전화를 해서 계절별로 나오는 채소, 나물, 콩, 야채 등을 냉장고에 챙겨 놨으니 시간 있으면 가져가라는 말씀을 하시곤 했다. 병원을 모시고 갈 때는 묻지도 않았는데, 뉘 집은 어떻고 뉘 사람은 어떻고 하며 동네 사랑방 같은 이야기를 잠시도 멈추지 않고 병원에 도착할 때까지 하셨다.

그만큼 어머니는 잠시라도 사람이 그리운 거였고, 당신의 말을 들어 줄 피붙이가 필요했던 것이다. 어머니는 본능적으로 육친을 알고 계셨던 것이다. 문진하는 의사에게는 무슨 처방을 해야 할지 곤란할 정도로 여기저기 전신의 아픈 곳을 드러내었다. 사실 그것은 어머니의 삶에 대한 하소연이었다.

지천명이 넘은 자식과 어쩌다 먹는 한 끼의 밥값도 아들에게 신세지지 않으려고 화장실 가는 척 몰래 계산하는 어머니. 세상의 어머니들이 모두 그렇다. 육친에게도 올바른 예의로 여자이기 전에 어른이 되어 버린 한 아이의 어머니로서 당신이 만든 육친을 자랑스럽게 바라보신다. 양수의 강을 거슬러 올라가듯이.

　　수술을 마치고 침대에 실려 온 병실
　　선잠으로 마취가 풀리자
　　환부의 통증이 침대의 난간을 타고
　　휘파람소리로 들썩거린다
　　신음이 신열을 타고 병실 안에서
　　붉은 입김으로 곳곳에 영역표시를 할 때
　　침대를 타고 올라온 거대한 뿌리가
　　내 손을 칭칭 감는다
　　아, 삭정이 같은 어머니의 손
　　보호자용 침대에 누워
　　침대가 들썩이지 못하게 난간을 붙들고
　　뿌리 넝쿨로 잠이 든 어머니.

　시는 산문에 비해 의미의 전달보다 언어 자체의 여운과 미적 감각을 존중한다. 시는 전달이 가능한 의미 구조에 상호유기적인 내용(글감)이 결합되어 나타날 때 가장 바람직하다.
　시는 이기적이기보다는 이타적이어야 한다. 이기적인 시는 나의 진정한 목소리가 아니다. 시는 내 목소리로 나의 소리를 내는 것이다. 생각한 바를 글로 잘 드러내거나 내 목소리를 내는 것이 좋은 시다.

구상의 말에 의하면 시는 메시지요, 말의 치장이 아니라고 했다. 말의 치장이 범람할 때 시가 난삽해지고 관념이 개입하게 된다. 시는 꾸미는 것이 아니라 보이게 드러내는 것이다.

18

불경스럽게

서산마애불 뵈러가는 길
돌층계 난간을 잡고 경전을 읽듯
한 칸 한 칸 오른다
이미 많은 도반들이 가출과 출가 사이에서
번뇌를 문질러 놓았는지
난간 등허리가 반지르르하다
번민은 늘 상처처럼 흔적을 남겨
저렇듯 찬란하게 빛나는 것이어서
뒤에 오는 중생들 또한
앞서간 중생들의 손자국에
불경스럽게도 손을 대어 보는 것이냐
경전 한 구절이 꿈틀대며
손가락 사이로 빠져나가고
급한 마음은 숨 돌릴 겨를 없이
불이문不二門 앞에서 연신 헉헉거린다
집 쫓겨난 아이처럼 마애불의 눈치를 보다
슬쩍 옷자락을 들추니 불경이 떨어져
불경스럽게도 불벼락을 맞은 날

마애불이 한 말씀 하신다

너, 가출했구나.

시 창작의 기초

김명인의 시로 학위논문을 준비하던 2000년도 중반 무렵이었다. 시에 나타나는 공간 인식에 대한 연구였는데, 자료를 모으다 보니 지명이 드러나는 공간이 참으로 많았다. 아마 지명을 직접적으로 사용하여 시를 쓴 시인은 김명인만큼 없을 것이다. 내가 서산마애불을 찾아간 계기도 그가 쓴 「고복저수지」를 읽고 그곳을 찾아가면서였다. 고복저수지를 찾아가다 서산마애불이라는 이정표를 보고 그만 그리로 방향을 틀어 버린 것이다.

우리가 흔히 백제의 미소로 알고 있는 것이 서산마애불이다. 석양 무렵의 지는 햇빛의 각도에 따라 미소가 달라 보인다는 마애불. 마애불을 처음 본 나의 기억은 마애불로 가기 전에 넘어야 할 불이문이었다. 성계와 속계, 해탈과 번뇌, 출가와 가출 등 많은 의미를 내포하고 있는 작은 출입문 너머로 마애불은 또 하나의 불이문이었다.

마애불을 발굴하기까지 재미있는 일화가 있다. 마애불이 대략 어느 지점에 있을 거라고 짐작한 한 역사학자가 당시 어려운 교통편과 도보를 이용해 마애불이 있는 근처까지는 왔는데, 쉽게 찾지 못하고 애를 먹고 있었다. 그때 마침 나무꾼이 지게를 지고 지나가고 있어서 역사학자가 바위에 세 사람이 서 있는 곳이 어디냐고 물었다. 나무꾼은 사람은 세 사람이 맞지만 무슨 연유인지는 모르나 낭군 앞에서 본처가 후처를 꾸짖는 것 같은 바위가 있다 하였다. 역사학자가 단번에 마애불임을 직감하고 무릎을 쳤다는 것이다.

시가 되지 않아
시 하나 변변히 짓지 못해
서산 마애불 앞에 바람처럼 하냥 서서
천 년 동안 돌가루로 마지를 드신
내공의 힘을 여쭈었더니

좌우 식솔들 데리고 마중 나와
바람벽에 기댄 채
기똥차게 웃으시는데,
그게 시더라.

시 창작의 기초는 최신작을 많이 읽고 새로운 문체, 기법, 정
서의 활용 등을 통해 창작기법을 다듬는 데 있다.

두 번째 창작의 강조 사항은 습작이나 완성된 작품을 소리
내서 자주 읽어 청각적 이미지를 극대화한다. 그러면 읽기 어
려운 시어나 자연스럽지 못한 음률을 걸러 낼 수 있다.

세 번째는 현장 답사의 중요성이다. 비록 시 한 편을 쓰기 위
해서도 답사나 자료 준비나 분석이 필수이다. 시는 공간감, 또
는 공간 설정, 실제적 배경 등이 중요하기 때문이다. 이 시도
중간에 잘 정리가 되지 않아 두세 번 더 찾아가 완성한 작품
이다.

19 가난이 그리워진다

어머니는 아침마다

돈 달라고 조르는 삼남매의 성화에

똥구멍으로 돈을 찍어냈다

전날 밤까지 없다던 돈은

아침식전이 되어서야 삼남매의 버스비와

육성회비로 분배가 되었다

아껴쓰라는 말보다 공부잘하라는

어머니의 말에 묵계의 약속을 하며

저마다 학교로 향하는 무거운 발걸음

어머니의 잔소리가 삽짝까지 따라와

감시를 하던 가난이 그리워진다

아침마다 돈을 찍어내며 잔소리를 하는

어머니의 애틋한 엄살이 그리워진다

가난이 그리워진다.

시에 대한 자신감을 갖자

참 신기했다. 전날 저녁까지도 없던 돈이 아침이면 생겨났다. 준비물과 버스비, 참고서 값 등을 삼남매 순서대로 이야기하면 어머니는 내가 돈 찍어내는 기계냐고 짜증을 부리셨다. 그 짜증이 밤새 자식을 위해 당신의 욕망을 포기한 사랑으로 바뀐 것이었다.

한번은 육성회비를 가져가지 못해 학교에서 집으로 다시 돌아온 적이 있는데, 일찍 품앗이를 나간 어머니가 집에 있을 리가 없었다. 빈손으로 학교 가기가 창피해서 마을 뒷산에 숨어 하루를 땡땡이를 치기도 했다.

아침마다 해대는 어머니의 성화 소리에 각자 무거운 발걸음을 돌리는 삼남매에서 나는 두 아이의 아버지가 되었지만 여전히 가난이 그리워지고 어머니의 애틋한 엄살이 그리워진다.

풋보리들이 부스스 일어나
간밤에 떨어진 별똥별을

이슬 핥듯 주워 먹는 아침나절에도
어머니는 돌아오지 않았다
끊을 수 없는 그리움이라고
갈잎 서걱거리는 그믐밤에
어머니께 쓴 편지는,
하늘 속에서 삐라처럼 흩어져
지붕 없는 우체국으로 반송되어 왔다.

시인 혼자만이 생각하고 공감할 수 없는 것은 다른 사람들을 감동시킬 수 없다. 시를 읽어서 이해가 잘 가질 않는다고 해서 기 죽을 필요는 없다. 원래 시는 어렵게 써져 왔고 재미도 감동도 없는 작품이기 때문이다.

주로 이렇게 배워 왔기 때문에 자신도 모르는 사이에 시는 재미도 없고 어려운 것이며, 아무나 쓰는 것이 아니라 특별한 사람들만이 쓰는 것이라고 생각하게 되는 것이다.

이 같은 생각에서 탈피하는 것도 중요하지만 부단한 시 작업과 연구가 있어야 한다. 그러면 시는 재미있고 누구든지 쓸 수 있다는 자신감을 갖게 된다.

시에 대한 자신감을 갖자.

20

베네치아 야간응급실

차라리 가면무도회에 다녀왔다 하자
곤돌라를 타고 몇 개의 수로를 지나
갈매기들이 일제히 군무하는 광장에서
바이러스를 잊고 감염된 병을 잊고
한바탕 춤을 신들린 듯 추었다 하자
밤새도록 통증이 지나가는 길목에서도
식은땀을 흘리며 한 잔의 와인대신에
우리는 링거를 꽂은 채 가면무도회를 즐겼지
격정적인 춤사위에 탈수는 더욱 심해져
야간 당직의사가 몇 번이나 위로를 하고
돌아가고 나면, 병실에 울리는 환청 같은
무도회장의 바이올린소리
우리는 서로의 고통을 가면으로 가리고
무도회를 끝내는 자정의 시계종소리가
울리기를 간절히 기다렸지
춤에 지친 사람들이 차츰 돌아갔지만
우리의 춤은 새벽녘이 되어도
여전히 끝나지 않았지

목이 붓고 다리가 붓고
우리의 춤이 간들간들 부어오른
베네치아 야간응급실.

시에 대한 고상한 관념

밀라노를 출발한 차가 저녁 늦게 베네치아에 도착했다. 저녁
을 먹으러 들어간 식당에서 작은아이가 멀미가 났는지 음식을
전혀 먹지를 못했다. 숙소로 돌아와 여장을 정리하는데, 작은
아이가 연신 화장실을 들락거리며 힘들어했다. 심지어 구토도
하면서 열이 나기 시작했다. 시간이 9시를 조금 넘었다. 쉬고
있을 가이드에게 연락해서 아이와 셋이서 베네치아 시립병원
야간응급실로 갔다. 두 번의 보안문을 지나 소아과 담당의사
의 진료가 있었고, 아이는 바로 입원실을 배정받았다. 낮에 피
렌체를 경유하는 동안 나 몰래 누나하고 그 맛있다는 본젤라
또 아이스크림을 얼마나 사 먹었던지 종내는 배탈에다 장염까
지 겹친 것이었다. 오르락내리락거리는 열기운으로 한기에 떠
는 아이의 모습을 지켜보며 가이드와 나는 밤을 꼬박 새웠다.
  다음 날 오전 일정을 현지인 가이드에게 부탁하고 남은 우
리 일행은 오후에 점심 먹는 식당에서 합류하기로 하였다. 아
이의 예상치 못한 병원 신세로 일정에 차질을 빚게 해서 일행
에게 매우 미안했다. 다행히 아이는 시간이 갈수록 차도를 보

였고, 의사로부터 퇴원해도 좋다는 허락을 받았다.

병원비가 많이 나올 거라는 나의 기우와는 달리 해외여행자 증명서인 여권을 보이자 전액 무료로 처리해 주었다. 그것도 아이가 도질 경우 먹어야 할 추가적인 약과 설사방지용 디펜스까지 친절하게 챙겨 주었다. 나에게 베네치아는 가면무도회, 곤돌라 그러한 것들이 아닌 야간응급실이 먼저 떠오른다.

길은 바다에 묻혀 있었다
길에서 길을 만나는 게 아니라
길은 언제나 바다로 향해
돌아갈 준비를 하고 있었다
멈춰선 내 발길에
바다가 먼저 다가와 제 길을 열어
내 길을 묻고 있었던 것이다
웅도에서 길을 잃은 한나절
바다가 허물 같은 내 길을
사각사각 먹어버렸다.

좋은 시와 좋지 않은 시를 가르는 기준은 서툴더라도 자기

이야기를 솔직하게 썼느냐, 아니면 기성 시를 모방해서 아름다운 말로 꾸며서 썼느냐 하는 것에서 나눠진다.

좋은 시는 시에 대한 고상한 고정관념을 버려야 제대로 쓸 수 있다. 시라고 하면 꽃, 바람, 바다, 하늘, 사랑 등 아름다움을 생각한다. 반면에 개똥, 피, 침, 정액 등은 시에 쓸 수 없는 말이라고 여긴다.

시를 쓰라고 하면 즐거워하는 사람은 거의 없다. 시는 어떻게 써야 한다는 정석은 없다. 다만, 자기의 생활에서 절박한 것을 하나 찾아내어 느낀 바를 쓰는 것이 좋은 시이다.

21

밥이 맛있다

문상을 끝내고 상가에서
밥을 맛있게 먹는다
상가에서 먹는 한 그릇의 밥
이승과 저승의 거리만큼
따뜻하고 맛있다
저승길 나서기 전 몸을 비우듯
갖은 양념 다 털어 넣고
조물조물 버무렸을 망자의 마지막 밥상
그런 밥상을 문상객들은 찾아와
성찬처럼 맛있게 먹는다
이승에서 보내는 망자에 대한
경건한 식객이 되어 먹는 밥맛이
혀끝에서 오장육부까지 휘돌아
한 생애를 타고 낭창낭창 건너간다
상가에서 먹는 밥이
참, 맛있다.

자신의 기억을 믿지 말라

몇 해 전에 길상호 시인의 부친 문상을 가서 밥을 맛있게 먹은 적이 있다. 점심때를 맞춰 도착해서인지 시장기가 도는 탓도 있었겠지만 나는 늘 상가에서 먹는 밥이 맛있다. 상가에서 먹는 밥맛이 좋다고 하면 이상하게 들릴지 모르지만 밥상 위에 차려진 밥과 떡이며 과일까지 깨끗이 비울 정도로 맛있게 먹는다. 그것이 망자에 대한 예의라고 생각하지는 않지만 적어도 망자가 마지막으로 차린 밥상을 나는 마지막 선물인 것처럼 받고 싶었던 것이다.

밥을 씹으면서, 밥맛을 음미하면서 한 생애를 타고 낭창낭창 건너가는 망자의 길고도 짧은 연혁을 되새겨 보기도 하는 것이다. 밥을 먹는 내내 길상호 시인은 겸상으로 자리를 지키고 앉아 부족한 음식들을 채워 주곤 하였다.

아는 사람은 다 알지만 길상호 시인은 묻기 전에 먼저 말을 하는 법이 거의 없다. 나도 능수능란하게 화제를 주도하며 말을 잘하는 편이 아니라 밥을 다 먹고 수저를 내려놓으며 한 말이 '밥이 맛있다'였다.

밥이 맛있다니! 상주인 시인에게 참으로 궁색한 표현의 말이었다. 예의 길상호 시인은 맛있게 드셔 주셔서 고맙다는 목례를 하였지만 나는 앉아 있는 내내 밥이 맛있다는 말이 떠나지 않았다. 문상을 끝내고 돌아오는 차 안에서도 내가 한 말은 머릿속에서 계속 맴돌았다.

집에 도착할 무렵 한 편의 시가 머릿속에서 정리가 되었다. 이 시는 길상호 시인의 부친께서 마지막으로 내게 주신 귀중한 선물이 된 셈이다. 맛있는 밥으로 시가 그렇게 왔던 것이다.

삼일을 굶은 아버지
차려놓은 쌀밥이
저승의 빛깔인 듯 붉다

한술도 뜨지 않은 아버지
삼일 동안 디딘 아들의 발자국을
흔적도 없이 지운다

이승의 밥맛을 말끔히 지운다.

시를 쓸 때는 먼저 무엇에 대해 쓸 것인가(글감, 글의 종자)를 정해야 한다. 처음에 떠오른 글감이나 내뱉은 어절을 메모리해 놓거나 아니면 필기를 해 놓아야 한다. 자신의 기억을 절대로 믿지 말라. 시간이 지나면 기억은 점차 희석되어 처음 느낀 그 기억으로 되살아나지 않는다.

시는 시간과 공간에 구애를 받지 않고 시도 때도 없이 찾아 오기 때문에 시를 맞을 준비를 항상 하고 있어야 한다.

22

밀물

사랑이 저렇게 왔으면 좋겠다
얕은 물골부터 다 차오른 뒤
더 깊은 물골로 건너가는 저 속도로
찬찬히 살피며 왔으면 좋겠다
작은 돌이 잠기고 큰 돌이 잠기고,
포구를 지키고 섰는 등대의 발목까지
일정한 몸짓으로 간드랑대며
밀려드는 거대한 순례자의 발걸음
사랑이 저렇게 찬찬히 왔으면 좋겠다.

시의 첫 부분

사랑은 시의 본류를 관통하는 중요한 시적 제재가 되어 왔다. 인간의 정신 영역에서 소유욕 다음으로 버금가는 것이 애정욕이 아닌가 싶다. 사랑은 존재의 실체를 끊임없이 확인시켜 주고 확인받고자 하는 과정에서 빚어지는 수많은 근원적인 행위의 일부분이다. 그래서 사랑은 빗물처럼 한 자리에 고여 있지 못하고 거센 파도처럼 역동적으로 항상 움직이고 있다. 그것이 크고 작은 밀도의 문제이며, 많고 적음의 수치의 문제일 뿐이다.

사랑은 인간의 근원적인 욕망을 말이나 행동으로 표현할 수 있는 유일한 메시지다. 그래서 사랑은 정체되어 있는 것이 아니라 활화산 같은 것이어서 언제 분출할 줄 모를 정도로 항상 역동적이다. 또한 시공간을 초월하여 언제 어디서나 늘 존재하기 마련이다. 새들이 울거나 바람이 불거나 노을이 질 때도 사랑의 숨소리는 거침없이 단검처럼 날아들지도 모른다.

그 사랑의 선혈에 물들게 하는 것이 시가 주는 뜨거움 때문이 아닐까 싶다. 수묵화처럼 잘 채색되어 가는 사랑의 율동이 그런 게 아닐까.

오늘도 고봉 가득한 사랑을 채워 주는 시를 머금은 해풍이 불어오고 불어 간다. 사랑하기 좋고, 시 쓰기 좋은 날이다. 새삼 빚진 사랑 때문에 문학이 시작된다는 존 스타이너의 말이 떠오른다. 내 시의 발원지도 빚진 사랑에 두고 싶다.

우리가 나눠가진 반반의 낮과 밤을
이제는 정리하여 하나로 모을 때다
당신 향한 그리움이 차츰 짧아지고
추위가 조금씩 늘어나 깊어져도
우리가 가진 반반의 기다림 그 끝에
매서운 낮달 같은 사랑 한 조각을
내걸 때다.

시의 첫 부분이 잘 나오질 않을 때가 있다. 제목을 정해 놓고 어떻게 써야 하나 고민하다 보면 막막함이 먼저 밀려올 것이다. 시는 첫 부분만 만들어 내면 그 다음은 순리대로 나온다. 이 시도 그렇게 만들어졌다. 도저히 시가 나오지 않아 바람을 쐬러 바다가 보이는 벼랑에 섰는데, 작은 포구에 있는 빨간 등대 사이로 밀물이 드는 것이 보였다.

그 모습을 본 순간, 첫 마디가 사랑이 저렇게 왔으면 좋겠다 였다. 재빨리 노트를 꺼내 첫 구절을 적었다. 사랑만큼 시도 저렇게 왔으면 좋겠다는 생각이 들었다.

시는 하고자 하는 이야기가 제대로 드러나야 한다. 자칫 나약한 감상으로 떨어져 관념성에 빠지지 않아야 한다.

하고자 하는 이야기, 즉 글의 힘에 밀리다 보면 추상적인 표현에 그치게 된다. 이럴 때는 구체적인 내용으로 사실에 맞게 표현하여 살아 있는 느낌을 환기시켜 주어야 한다.

그러나 상상력의 자유로운 전개는 얼마든지 좋지만 부정확하거나 논리적 모순에 빠지는 일이 없도록 주의해야 한다.

23

시집을 덮고

마지막 시를 읽고 시집을 덮는다
오래 전 애인에게 미처 하지 못한 말인 듯
아버지의 꾸짖음을 잔소리로 알아들은 말인 듯
기가 막힌 고백에 가슴이 몰캉몰캉 설렌다

마지막 시를 읽고 시집을 덮는다
생의 담담한 서정이 영화가 끝나고
스크린 위로 오르는 자막처럼 지나간다
한 사람의 지독한 사랑이 시집을 덮게 한다.

내가 겪은 일을 시로 쓸 때

시인들이 보내 주는 시집은 예의상 될 수 있으면 끝까지 읽어 본다. 시집을 넘기며 읽다 절창이나 텍스트로 쓸 만한 작품들이 눈에 띄면 해당 쪽수를 접어놓는 버릇이 있다. 나중에 찾기 쉽게 하기 위해서다.

어떤 시인의 작품은 나도 공감했던 사실인데도 나보다 더 시상을 확장시켜 내었고, 어떤 시인의 작품은 소름이 돋을 정도로 글이 절창이었다. 미처 생각도 못한 사물을 타자의 내밀함으로 사유의 차원으로 치환시켜 놓은 데 감탄이 절로 나왔다. 역시 좋은 작품이 좋은 시인을 만든다는 생각이 새삼 들었다.

마지막 작품을 읽고 시집을 덮으면 오만 가지 생각이 떠오른다. 한 세계가 지나가고 한 세계를 건너왔다는 담담함이 아득하게 밀려오기도 한다.

시인은 축적된 체험을 정서적 표현으로 하나씩 덜어내는 언어의 예술가이다. 거기에는 기억하기 싫은 상처, 고통, 분노, 사랑 등이 있을 것이다. 한 권의 시집을 통해 한 사람이 집요하게 걸어온 사랑의 길을 추적하는 것은 스크린 위로 사그라지는 자막처럼 덧없다.

> 그녀의 보랏빛 구두굽 소리가
> 가슴에서 파문처럼 들썩이다
> 말도 붙이지 못하게
> 아스팔트 위를 종종거리며 간다
> 또각또각
> 한 소리가 한 사랑을 엉글게 하는
> 삼삼한 아침거리
> 나는 일시 정지된 화면 속에서
> 그녀의 구두 발자국을 밟고 있다.

내가 겪은 어떤 일을 시로 쓸 때는 생의 한 국면에 해당하는 의미 감정을 불러일으키기 마련이다. 내가 겪은 어떤 일에서 중요한 감동을 받았기 때문에 시를 쓰게 된다.

그 감동의 의미가 드러나게, 또는 의미를 중심으로 객관적 정서를 활용하여 시로 표현하여야 한다.

내가 겪은 일을 시로 쓸 때는 체험한 어떤 면을 반드시 시적 상황으로 끌어내야 한다.

24

귀족노동자 3

그래
나는 귀족노동자다

간을 내놓고
쓸개를 빼놓고
립스틱 바른 고객의 입술만
사형수처럼 쳐다보는
한없이 작은 乙이 되어
귀족 자본이 만든 오천만원 차를 파는
난 귀족노동자

땀내 나는 하루가 가고 밤이 와도
쉰내 나는 평일이 가고 휴일이 와도
내 휴대폰은 항상 오 분 대기조

고객이 까닥이는 손가락질에도
혈압을 긁는 무대포에도
귀족노동자가 되기 위해

스스로 나 자신을 갉아먹는

난, 슬픈 귀족노동자.

현실 의식의 참여

　한국 사회에서 귀족노동자는 긍정적인 의미보다는 부정적인 의미로 통용된다. 귀족노동자는 어느 특정 집단의 노조로 기득권 지키기, 또는 반사회적인 노동 조직 패거리 등으로 파업, 데모를 연상시키거나 국가 경제 발전의 장애물로 취급되는 불필요한 존재로 인식되고 있다.

　노블레스 오블리주라는 말이 있다. 사전적 의미로 그대로 해석하면 높은 사회적 신분에 상응하는 도덕적 의무를 뜻한다. 한국은 노블레스만 있고 오블리주는 없다. 검사 출신 변호사가 전관예우로 부당한 선임료를 챙긴 수익으로 오피스텔을 123채나 소유한 사실은 자칭 노블레스 세계에서는 빙산의 일각이라고 본다.

　노블레스 오블리주를 잘 실현한다는 국가의 예를 보면 스스로 노블레스라고 생각하는 사람들은 모임에서 그 지방에 필요한 공공 도서관, 공원, 다리, 문화 행사 등에 대한 계획을 세워 재정은 어떻게 마련하고, 어떻게 관리할 것인가에 대해 구체적인 논의를 한다. 아마 한국의 노블레스 세계에서는 부동산 투기, 탈세, 병역 면제, 위장 전입 등으로 수다만 떨 것이다.

최근 3년간 정규직 비율이 68.4%에서 35%로 급감하여 비정규직이 2배로 급증하였다. 다른 시각에서 보면 빈부 격차가 더욱 심화된 셈이다. 살기 어려운 사람은 더 살기 어렵게 되었고, 살기 좋은 사람은 더 잘 살게 된다는 경제 구조를 형성하였다는 의미다.

여기에다 대기업과 중소기업 간의 양극화도 심각하다. 자본주의 시장에서 을은 갑의 입술이나 손가락질에도 간을 내놓거나 쓸개를 빼놓기도 한다. 한국 사회에서 노동자로 살기 위해서는 스스로 노동자라는 생각을 버려야 한다.

그것이 싫다면 나 아닌 다른 노동자, 사회 전체의 노동자 입장에서 자신도 노동자라는 사실을 분명하게 깨달았으면 한다. 그마저 싫다면 그냥 입을 꾹 다물고들 있었으면 좋겠다. 내가 아니라고 해서 그런 말을 쉽게 해서는 아니 된다. 한국 사람들은 나만 아니면 된다는 이기적인 생각이 너무나 팽배해 있다. 형제나 자식들이 커서 나중에 노동자이거나 노동자가 될 사람이 반드시 있을 것이다.

남을 탓하지 말고 나를 탓하며 살자해도
자본을 이율배반적으로 해석하려는

116

더러운 이웃들에게 우리는 다시 또
나를 탓하는 것보다 남을 탓하게 되었다
하루가 단내로 가고 한 주가 쓴내로 와도
우리의 한 달은 이도저도 아니었다
그냥 한 달 인생을 판만큼
우리도 한 달 인생을 살은 것이었다.

시는 당시 시대 사람들의 삶에 관한 노래이다.

시인이 자신의 삶을 노래하면서도 사회의 현실을 노래하는 것이 바로 그것이다.

시는 자기 체험을 창조적으로 표현한 것이다.

시인 자신과 현실, 사람들, 세계, 역사와의 대화이면서 다른 한편으로 언어를 통한 끝없는 대결의 결과로 얻어진 생산물이다.

시인이 현실 의식에 참여하는 것은 현실 속에서 드러난 현실 미학을 고통 미학으로 전이, 확장시켜 초월 미학에 닿기 위해서다.

25

귀족노동자 14

주인을 잃은 작업안전화들이
동그랗게 모여 만든 검은 화단
주인의 발 대신 꽃들이 차지한
기름투성이, 땀에 절은 안전화가
똑같은 안전화를 신고 온 동지들의
기름 냄새나는 조문을 받는다
먼저 간 안전화의 주인들이
언젠가는 빈자리가 될 줄 알고
꽃씨를 뿌려놓았는지
꽃들도 주인을 닮아 창백하다
작은 바람에도 어깨를 맞대고
대오가 흩어지지 않도록
굳은 연대를 하는 안전화의 뒷축들
상복을 입은 노동자가 영정을 안고
서 있는 아스팔트 위로
노제를 마친 상여가
국화꽃잎을 하얗게 흩뿌리며 일어선다
주인을 잃은 안전화의 코들이

햇빛에 반짝이며 마지막 인사를 하는 정오

사람의 발 대신 들어찬 꽃들이

사람의 손처럼 만장을 받든다.

무엇이 시인을 만드는가

77일간의 쌍용자동차 옥쇄파업이 강제 진압으로 해산되자 대한문 옆에 농성장을 마련하여 정부와 회사를 상대로 해고 철회 요구를 계속하였다. 그러나 서울 중구청은 행정집행으로 200여 명을 동원해 대한문 농성장 강제 철거를 무단으로 해 버렸다. 노동자 서민을 짓밟으며 쌍용차 해고자들에게는 또 한 번의 씻을 수 없는 상처를 주었다.

광화문 광장으로 옮겨 해고노동자 복직을 촉구하는 1인 시 위가 다시 시작되었다. 2009년부터 2015년 초까지 정리해고를 철회하라는 간절한 투쟁이 진행되는 동안 26명이나 되는 노동자이자 동지들이 세상을 떠났다. 울화나 절망, 절박감에서 비롯된 죽음 등의 연유로 많은 노동자들이 세상을 등졌는데도 정부는 노동자를 관리하는 프로그램이나 어떤 징후조사도 하지 않았다.

먼저 간 노동자들의 작업화를 옹기종기 놓아 화단처럼 꾸며 작업화 속에 꽃을 심어 놓았는데, 나는 아직도 그 생생한 모습을 잊을 수가 없다. 기름기에 찌든 검은 작업화 속에 핀 너무나 예쁜 꽃들. 세상을 먼저 등져 간 노동자들의 노래인 듯 꽃들이 바람에 일렁이었다.

다른 한편으로는 노동자들의 영정 앞에 바치는 조화 같기도 하여서 함부로 만질 수도 없었다. 죽어서까지 작업화의 뒤축을 맞대어 연대를 하는 노동자의 가없는 투쟁 앞에 가슴이 먹먹했다.

시간이 갈수록 가른 희생자가 나올 두려움에
정신치유를 해도 그 희생자가 내 남편,
내 아빠가 아니길 바라는 간절한 바람뿐이었다
먼저 간 동지들의 영정을 끌어안고
같이 죽지 못한 죄책감에 눈물을 훔쳐
술잔처럼 한 잔 쳐올려도 힘든 세상과
사람들이 야속하기는 마찬가지였다
노제를 마치고 돌아가는 동지의 영정에
비가 내렸다
스며든 빗물이 저승의 소식을 전하는 듯
죽은 동지의 볼을 타고 흘러내렸다
죽음 같은 막막한 세월이었다.

무엇이 시와 시인을 만드는가?

슬픔이 시인을 만든다.

절망이 시인을 만든다.

사랑이 시인을 만든다.

분노가 시인을 만든다.

바람과 바다가 시인을 만든다.

길과 여행이 시인을 만든다.

노래가 시인을 만든다.

그러나 중요한 것은 시만이 시인을 만든다.

26

귀족노동자 26

비에 젖어 리어카를 끌고 가는 할머니
물먹은 폐지같이 버거운 삶의 무게가
무겁고 힘겨워
뒤돌아보아도 육친은 모두
빗물에 떠내려간 듯
보태줄 손길조차 하나 없다
살아 있는 것만으로 구차한 짐이 되어
후미진 곳에 버려진 폐품 같이
누구 하나 거들떠보지 않는다
품안의 자식들이 육즙을 빨아먹고
이승길로 하나씩 떨어져나가
검버섯 돋은 고목이 되어버린 할머니
오늘은 누가 올 것 같은 바람으로
이승길을 물끄러미 내려다보다
산자락에 걸리는 해거름에
마음은 다시 저승길로 돌아선다
폐지를 쌓고 또 쌓아
스스로 수의를 짓고 무덤을 쌓는 할머니

비에 젖어 다리를 절며
리어카를 끌고 가는 할머니 등 뒤로
저승길이 빗물에 반듯하게 닦인다.

불편한 시

길거리에서 폐지를 줍는 할머니들을 자주 본다. 대개는 구역이 나눠져 있어 시비가 없지만 어쩌다 구역을 침범하거나 초보 할머니가 예의도 없이 선배 할머니의 구역에서 폐지를 줍는 행위를 할 경우, 구역 다툼이 동물 세계의 영역 다툼에 버금간다.

물먹은 폐지가 실린 리어카를 끌고 가는 할머니는 귀족노동자가 결코 아니다. 일반 서민들과는 차원이 다른 그들만의 세계에 있는 노블레스 귀족노동자들과 대조시켜 하층부 삶에서 기단을 든든하게 형성하고 있는 폐지를 줍는 할머니 같은 사람들이 진짜 귀족노동자가 아닌가 싶다.

세상은 항상 작은 힘들이 모여 변화하여 왔고 변화해 가고 있다. 요즘 경기가 많이 어렵다고 한다. 경기가 어려울수록 폐지를 줍는 사람들이 늘어나기 마련이다. 어느 골목에서 폐지를 줍는 영역 다툼이 일어날지 조바심이 나는 저녁 무렵이다.

폐지를 쌓고 또 쌓아 삶의 무게를 덜어 내려는 나약한 노동자들이 많다. 버려진 폐품 같이 녹이 슬어 가는 할머니들이 많다.

병동 교차로에서 힘겹게

휠체어를 밀고 가는 할머니

더듬거리는 보폭만큼

휠체어의 방향도 위태롭다

병실로 향하는 긴 복도가

그녀의 흔적처럼 어둡고 조용하다

가도 가도 닿지 않는 목적지

더듬거리는 총총 걸음으로

좌표도 없이 운항하는 내비게이터.

시를 읽다 보면 불편한 시들이 있다. 시를 쓰다 일관된 정서가 결여되면 시적 대상을 번잡하게 나열하기도 하고 시간성이 소거된 시제의 불일치를 초래하는 경우가 빈번하다. 과거형에서 현재형으로, 현재형에서 과거형으로 한 작품 안에서 시제가 혼재해 있을 때 매우 불편하다.

이것은 너무 많은 것을 한 번에 노출시키기 때문이다. 절대로 많은 것을 한 번에 노출시키지 말라. 작가 자신도 많은 대상과 시제에 혼돈이 갈 수가 있다. 제일 많이 오류를 범하는 것이 시제의 불일치, 주체나 객체의 혼돈이다.

시간성을 소거한 시제는 시를 읽는 데 상당한 부담감을 준다. 또 '나, 그, 그녀, 당신' 등의 주체나 객체가 한 작품 안에서 여기저기 많이 산재해 있어 독자로 하여금 시의 통일성에 대한 혼돈을 야기할 수도 있다.

시는 존재의 꽃이다. 고흐의 그림 〈구두〉처럼 광택이 나는 구두가 아닌 보잘 것 없는 낡은 구두를 통해 노동의 신성성을 강조하거나 존재의 의미성을 부여해야 한다.

시는 글을 깨쳐서 쓴다기보다는 새로운 세계를 펼쳐 보여야 한다.

27

귀족노동자 39

달이 차츰 아내의 배같이
부풀어 오르는 한가위 무렵
몸이 무거운 아내의 바람대로
올 추석은 밀린 임금 없이
가벼운 마음으로 큰아이 손잡고
콧노래 부르며 가고 싶었지만
현장의 분위기는 쏟아진 콘크리트처럼
그 속을 알 수가 없었다
봄부터 끌어온 체불 임금이 누적된 채
노동의 고통만큼 진통제같이 겨우 지급되었다
판넬을 덧대거나 거푸집을 세울 때도
든든한 기대감은 처자식을 향한
가장의 비장함으로 곧게 세웠는데
체불된 임금 앞에 초라한 눈물이,
귀향할 수 없는 서러운 눈물이
아내의 볼록한 배 위로 흘러내렸다
더러운 자본의 비겁을 반생이로
묶고 또 묶어도 배신감은 풀리지 않아

발이 자꾸 미끌어져 휘청거렸다
고향으로 향하는 아내와 아이의
부푼 걸음걸이가 체불된 임금으로
막막하게 멈춰버린 한가위 무렵
마지막 레미콘트럭이 자본의 배설물을 쏟듯
무참히 게워내고 흙먼지 속으로 사라졌다.

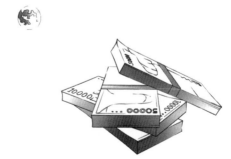

시는 마음으로 쓰는 것

고용노동부의 자료에 의하면 작년 2015년 한 해에 임금체불로 어려움을 겪은 노동자가 30만 명이나 되었다고 한다. 문제는 여기서 그치지 않고 임금체불율과 금액도 점차 증가하여 2011년에 1조 874억 원이었던 것이 2015년에는 1조 2,993억 원으로 늘어났다는 것이다. 업종별로 보면 제조업의 임금체불율이 가장 높았고 그 다음으로는 건설업이었다.

임금체불을 당해 보지 않은 사람은 그 고통이 어느 정도인지 가늠할 수 없다. 더구나 명절 대목돈을 기대하는 노동자에게 임금체불은 벼랑 끝에 서 있는 절박함 같은 것이다.

대학 1학년 여름방학 때 같은 동네 사는 형이 운영하는 용역회사에서 한 달간 일을 한 적이 있다. 비바람만 피할 수 있는 허름한 숙소에서 반월공단을 오가며 손이 모자라는 파트를 대신해 가며 일을 했다. 그래서 하는 일이 일정하지 않았고 그날그날 빈 파트에 따라 다양하게 바뀌곤 했다. 여름날의 더위와 매일 다른 업종에 적응해 가며 어느새 한 달이 지났다.

한 달이 된 저녁에 사장인 형에게 월급을 달라고 했으나 삼일만 더 기다려 달라는 말만 들었다. 같이 일을 했던 친구들이랑 삼일을 기다렸으나 이번에는 일주일을 더 기다려 달라고 했다. 일주일을 기다려도 돈 줄 기미가 없을 것 같아 친구 셋이서 반강제로 형을 사무실에 가두고 협박과 하소연으로 이야기하니 다른 사람에게는 말하지 말라며 우리 것만 먼저 챙겨 주었다.

노동의 대가로 임금이 정당하게 지불되지 않으면 한 사람의 희망은 물론 한 가정의 행복은 무너지고 만다.

누군가 어둠 속에서

춥게 울었는지

눈물에 젖은 집들이

하나 둘씩 불을 켠다.

시를 단순히 눈으로 읽고 쓰면 모방에서 벗어나기 어렵다. 시는 마음으로 쓰는 것이지 손으로 쓰면 안 된다. 시를 손으로 쓰면 낙서가 되기 십상이다.

시를 어떻게 쓰느냐 하는 것도 중요하지만 그보다 더 중요한 것은 어떤 의식으로 쓰느냐 하는 것이다. 의식이나 정신은 곧 한 개인의 철학이 되기 때문이다.

대평리

28

중산간 지역에서 스며든 핏물이
화산석을 물들이며 흘러내리다
바다 앞에 와서야 자유가 되었다
흙보다 더 짙은 밤을 타고
산간지대에서 실종된 부락민들의
이름을 부르며 바람이 떠돌아다녔다
집집마다 비목처럼 심은 나무에서
붉은 열매가 대책 없이 달렸고
둑과 밭에서 피는 꽃들도
죄다 붉은 빛으로 얼굴을 물들였다
살아남은 자들이 소지를 올리며
살아남은 죄의식으로 꽃을
부적처럼 가꾸는 곳
햇볕에 달궈진 억만 시간들을
해풍에 날려 보내 놓고
꽃을 낳은 여자들이 스스로
탯줄을 자르는 대평리

화순해변에서 일어선 금빛바람도
안덕계곡을 넘어 목례를 하며 지나갔다.

솔직하고 투명하게

1947년 3월 1일 제주도 우도에서 거행된 삼일절 기념행사장에서 기마경관의 말에 어린아이가 밟히는 사건이 벌어졌다. 이것이 촉발이 되어 경찰서를 습격하는 사건으로 번지자 경찰은 양민에게 발포하여 사상자를 내게 되었다. 제주도 주민들의 공분이 들불같이 번져 사태가 점차 확산되었다.

1947년 3월 19일 미군정 정보보고서에 따르면 제주도 주민 70%가 좌익 또는 동조자일 것으로 추정하고 있었다. 1948년 4월 3일에 제주도 내 24개 경찰서 중에서 12개 지서를 성난 주민들이 새벽에 급습하면서 봉기 사태는 정점으로 치달았다.

미군정이 파견한 국군은 10월 17일 중산간 지대의 양민들에게 소개령을 공포하고 해안 마을로 강제 이주시키게 되었다. 소개를 하지 않은 마을은 불을 질렀고, 이주하지 않은 양민들은 집단학살을 하였다.

1954년 9월 21일 사태가 진정되기까지 무고하게 희생당한 양민의 수는 14,032명에 달하였다. 얼마나 무능하고 무자비한 미군정과 무책임한 이승만 정권의 민낯이 아니겠는가. 4·3사건은 미군정의 정치 놀음에 한국 정부가 농락당한 최악의 양민 학살 사건이었다.

제주도 출신 영화감독인 오멸이 만든 〈지슬〉은 4·3사건의 비극을 극명하게 잘 나타내었다. 제주도의 아름다운 영상미에 4·3사건에 희생된 사람들을 위로하는 것을 제사의 형식을 빌려서 잘 표현해 냈다. 지슬은 감자를 뜻하는 제주도 방언이다. 제주도 사람에게 지슬은 허기가 지면 먹는 식량이기도 하지만 영화에서 나오는 무동의 어머니처럼 불에 타 죽어 가면서까지 지킨 지슬은 생명이자 위대한 사랑이 되기도 하는 것이다.

혁명이 끝나도 사람들이 말하던

봄은 오지 않았다

피다가만 동백꽃들이 봉오리째 시들어

사형수처럼 고개를 숙이고 매달려 있었다

붉은 전사의 각오로 물든 단풍은

삐라처럼 쏟아져 지상으로 내렸는데

혁명을 이야기하던 사람들은

집으로 돌아가는 걸음을 바삐 재촉할 뿐,

전사의 수신호를 눈치 채지 못했다.

어쩌다 골바람이 처마 밑 찢긴 비닐을 들추고

구겨진 살림을 염탐하고 돌아가는 날이면
무명의 밭은기침소리가 단말마 같이 새어나왔다.

시는 시대상을 드러내면서 자아성찰을 하는 것이다. 현대시에서 점차 시대상이 사라지고 있다고 한다. 아마도 국민의 정부, 참여정부가 들어서면서부터 담론거리나 논쟁거리가 등장하지 않아서인지도 모른다.

그러나 시인들도 그러한 문제에 조금씩 둔감해진 것도 사실이다. 시인들이 자꾸 이기적으로 변해 간다. 이해가 되지도 않는 시들, 읽어도 별 감동이 없는 시들, 그저 밋밋한 시들 뿐이다.

시여, 좀 더 솔직해지고 투명해지자. 그리고 긴장하며 살자.

29

항구모텔

낮동안의 그리움을 낚다
먼 바다로부터 지쳐 돌아온
항구의 어판장
아직도 식지 않은 심해의 사랑이
거친 몸짓으로 파다닥거린다
한 생을 사는 동안
많은 사랑이 시들해지고
많은 사람들 또한 야속하게
바람처럼 스쳐간 항구 모텔
사랑도 그립고 사람도 그립지만
제일 견디기 어려운 것은
밤마다 창가에 연서를 써놓고
돌아가는 등대의 외로운 불빛
등대의 불빛이 돌때마다
바람과 동침한 사내의 그림자가
모텔을 쓸쓸히 빠져나간다
바다로 돌아가는 사내의 등이
파도처럼 굽어보이는

어둡고 비릿한 골목길
긴 적막 속에, 묵은 여비를 탈탈 털어
나도 항구 모텔에 들어
사내가 흘리고 간 사랑을 더듬으며
밤바다하고 짠한 연애를 하고 싶다.

상상력을 통해 이미지를

　늦은 저녁을 먹고 숙소를 찾아다녀도 가는 모텔이나 펜션, 그리고 민박집조차 빈방이 없었다. 저녁을 먹고 천천히 구해도 될 것 같다는 조그만 포구를 얕잡아 본 데서 낭패를 당한 것이다. 짙은 어둠 속에서 차츰 드러내는 숙소의 간판들이 낮 동안의 그리움을 쏟아 내는 듯 밝게 보였다.

　해가 떨어진 어스름 무렵의 항구의 어판장은 언제나 쓸쓸하다. 모든 것이 제자리로 돌아가 있고 깨끗하게 바닥 청소가 되어 있는 어판장 귀퉁이로 갈매기들이 어둠에 젖어 더 검게 보였다. 많은 간판 중에 유독 눈에 띄는 것이 있었는데, 그것이 항구모텔이었다.

　다음 숙소를 찾으러 떠나는 등 뒤로 아른거리는 항구모텔에서 몇 개의 중요한 영상이 스쳐 갔다. 항구모텔을 거쳐 갔을 수많은 사내의 그림자와 밤마다 찾아와 연서를 써 놓고 돌아가는 등대의 불빛이었다.

　거기에 어쩌다 눈이 맞아 들어온 여자랑 짠한 연애를 마지막으로 이별도 했을 사내들의 어둡고 비릿한 시간들이 중첩되

어 떠올랐다. 삶이란 앞서 간 사람의 흔적에 내 흔적을 포개어
나를 되돌아보는 것이다.

아직도 식지 않은
별빛보다 진한 은비 숨결이
식도에서 파다닥거린다
바다의 체온같이
은하의 시선으로 누워있는
눈동자들,
상류에서는 볼 수 있을까
대양에서조차 버리지 못한
부싯돌 같은 꿈들을
또 만날 수 있을까
도마 위에 허튼 마음만
가시에 찔린 채
바다처럼 출렁거린다.

A. 매클리시의 『시학』을 보면, 시는 감촉할 수 있고 묵묵해야
한다는 점을 이야기하면서 이미지를 강조하고 있다. 이미지는

체험한 사실을 통해 상상력으로 불러오는 것이다. 그러니까 상상력과 이미지는 체험에 바탕을 두고 있다.

이미지는 기억을 하나하나 일깨우며 마음에서 일렁이는 어떤 대상이나 존재를 상상력으로 드러내는 것이다.

시는 풍경처럼 존재하는 것이어서 일시적인 것에 좌우되지 않고 이미지를 드러내지 못하는 존재여서는 더욱 안 된다.

시는 언어와 언어, 말과 말이 더해져서 이루어 내는 한 세상이다. 그래서 자신이 쓰고자 하는 것을 조직하고 연관시킨다면 훌륭한 시가 될 수 있다.

30

포스트 시론

시를 덮고 자다가
답답한 기운에
나도 모르게 걷어차
오래도록 맨몸을 내놓고
선잠으로 뒤척였다
꿈결인 듯 잠시
그가 걸어와
여전히 쉰 목소리로
시가 좋아졌다,
시가 좋아졌다하면서
사라지는 그의 뒤로
간헐적으로 숨 가쁘게
들려오는 신음소리
체중 같은 가위눌림에
시를 걷어내고
방문을 열어젖히니
대숲에 걸린 시들이
벌겋게 타고 있었다

초승달도 태울 듯이
활활 타오르고 있었다.

시는 거짓이다

포스트는 '~후, ~다음의, ~뒤'를 뜻한다. 포스트라는 용어는 아놀드 토인비가 『역사연구』에서 19세기 말 이후에 서구 근대 문명의 위기를 지칭하는 개념으로 쓰면서 나타났다. 먼저 건축에서 사용되다 차츰 예술과 대중문화와 장르, 스타일 등에서도 경계를 허물며 그 용어를 받아들여 사용하게 되었다.

본격적인 서구 문학의 태동을 14세기로 볼 때, 한국문학은 최근에 100주년 기념행사를 했으니 고작 1세기밖에 지나지 않는다. 그러나 실질적인 한국문학이 태동한 기간은 그리 길지가 않기 때문에 서구에 비해 짧은 것이 사실이다. 그래서 자생적인 것보다 서구 이론을 수용하기에 급급하다 보니 한국문학에서 뚜렷한 주의나 사조가 없는 상태로 현재까지 이어져 내려오고 있다.

현대 사회의 문명은 급변할 정도로 빨리 변화되어 왔다. 인간들도 그에 걸맞게 잘 적응해 가며 변해 왔다. 그래서인지 문명만 진화하는 것이 아니라 문화까지도 진화하기에 이르렀다. 가령, 시의 경우가 그렇다. 현대 문명의 발달과 더불어 시도 진

화를 해 왔다. 진화한 시들은 문단에서 논쟁을 불러일으키기
도 하였고 계파를 형성하기도 하였다.

시인들이 굳이 독자들의 눈높이에 맞춰 글을 쓸 필요는 없
지만 그 글은 오로지 독자들이 옳고 그릇됨을 판단할 것이다.
이후에 다시 올 진화된 시들이 보고 싶다.

시는 거짓이다
시인은 거짓말쟁이다
비평도 거짓이다
비평가도 거짓말쟁이다
아, 몹쓸 시들

사기꾼의 특징은
같은 거짓말을 두 번 이상
반복하지 않는 데 있다
쓸데없이 꾸불꾸불하기만 한
불편한 시들,
그런 불편한 시들을
오용하고 남용하는
아, 몹쓸 사람들

시여, 이제 좀 더
투명해지고 솔직해지자.

31

참깨꽃들에게

우리 이제 부끄러워하지 말자
더 이상 부끄러워하며
고개를 바닥으로 숙이지 말자
우리는 한낱 좁쌀만한 씨앗에도
서로를 낯 뜨겁게 붙들고
바람처럼 지나가고
비처럼 지나오기도 하였다
저 건너편 어느 밭에서는
우리보다 큰 씨앗을 품었던
엉터리꽃과 잡초들이 되려
고개를 뻣뻣이 쳐들고
물러터진 세상을 흔들어댔다는데,
우리 이제 더 이상 부끄러워하지 말자
잘 생긴 뽀얀 얼굴을
땅바닥으로 숙이지도 말자.

시 쓰기의 목적

'참'은 사실이나 이치에 조금도 어긋남이 없는 것을 뜻하는 명사로 대부분 사용하고 있다. 예를 들어 '참 좋다, 참 고맙다, 이것 참' 등에서처럼 이치의 논리에 빗대어 일상적으로 쓰고 있다. 또 하나는 진짜 또는 올바른 뜻을 더하는 접두사의 의미로 일부 명사 앞에 붙어서 사용되기도 한다. 참숯, 참깨, 참꽃처럼 사물의 품질이나 동식물명에 붙어 우수한 품종임을 나타내기도 한다.

참은 '개, 돌'이라는 접두사들과는 대조적으로 참을 추구하는 것처럼 긍정적인 의미로 통용되어 왔다. 그래서 참이 붙은 말들은 믿음이 가고 더 친근하게 느껴진다.

참깨꽃들은 한결같이 고개를 바닥으로 숙이고 있다. 참이 붙은 이름에 걸맞지 않게 무엇이 그리 부끄럽고 지은 죄가 많은지 고개를 바닥으로 숙이고 있다. 진짜 개꽃 같은 무리들이 엉터리꽃과 잡초로 오히려 고개를 뻣뻣이 쳐들고 세상을 흔들어 놓았는데, 왜 잘 생긴 참깨꽃들이 뽀얀 얼굴을 땅바닥으로 숙였는지 모르겠다.

참깨꽃들보다 더한 개꽃들이 아우성을 지르는 현실에서 최대 비극은 어쩌면 선한 사람들의 침묵일 것이다.

세월이 무섭고 사람도 무서웠다
사실만 있고 진실이 없는 시대
본론에 집착하다 결론을 잘못 짚은
한 시대의 사람들이, 거친 아우성으로
난독증에 점차 중독되어 갔다
판독이 제대로 되지 않은 사건이
폐수처럼 넘쳐났다
판독을 제대로 하지 않은 사람들이
뻥튀기처럼 불어났다
세월이 무섭고 사람도 무서운 시대였다.

시는 현실적인 가치 체계에 문제 제기를 하면서 내가 몸담고 있는 세상을 점차 깨달아 가는 길이다.

새로운 이미지를 찾아내어 새로운 세계를 창조하며 진실을 추구하는 것이 시 정신의 근본이라면 분명 그것은 남과 다른 시 쓰기의 출발과 어떤 세계관을 가질 것인가에 대해 미리 대

비해야 한다.

시 쓰기의 목표는 문학에 있는 것이 아니라 삶에 있기 때문
에 시를 쓰면서 건강한 삶을 사는 것이 결국은 건강한 시를
만들어 내는 것이다.

32

손톱이 죽다

문틈에 찧은 검지 손톱이
봉선화물 들듯 시간이 갈수록
검붉게 독이 단단히 오른다
검지 주위로 번진 피멍이
손톱을 들추고 검은 낙점을
문신처럼 새겨 놓는다
검지를 도려낸 어머니의 대속을
지천명에 이르러서야 감당해내는
서글픈 아픔이 손톱 하나만 죽인다

뒤집힌 배 속에서 출구를 찾아
독한 바닷물을 숨통으로 들이마시며
손톱을 처참하게 죽였을 아이들
손가락에서 터진 핏발이 마지막 유서처럼
푸른바다를 물들이며 번져나간다
아이들을 차마 보내지 못한 부모들이
아이들의 꿈, 미처 하지 못했던 말들을
손톱이 문드러질 것 같은 오체투지로

땡볕을 기어가며 받는 참담한 대속
애틋한 아픔이 땅 속까지 닿는 듯
일어설 때마다 손톱이 하나씩 빠진다.

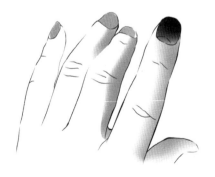

균열된 현실 사회를 짜 맞추다

한국 사람이면 누구나가 세월호 사건을 모를 리가 없다. 아니 잊어서도 안 될 사건이며, 다시 일어나서도 안 될 사건이다. 2014년 4월 16일 오전 8시 52분 32초, "살려주세요."라는 다급한 목소리로 전남소방본부 119상황실에 학생의 최초 구조전화가 걸려 오면서 세월호가 침몰하기 시작했다.

수학여행에 들뜬 안산 단원고 2학년 학생 325명 중에서 75명만 구조되고 250명이 진도 앞바다에서 청춘의 나이로 수장되었다. 전체 탑승 인원 476명 중에서 295명이 사망하였고, 9명이 실종되었다. 참으로 어처구니가 없는 대형 참사가 일어났다.

뒤집힌 배 속에서 출구를 찾아 숨통을 조이며 짠 바닷물을 들이마셨을 아이들을 생각하자니 온몸에 소름이 돋는다. 출구를 찾아 손으로 더듬다 핏발이 터지도록, 손톱이 문드러지도록 철판을 긁어 댔을 아이들의 처절한 절규가 생생하게 들리는 듯하다.

세월호 사고가 나고 얼마 되지 않아 내 실수로 문에 검지를 찢어 손톱이 죽었다. 점차 피멍이 부어오르고 손톱 전체가 죽은피로 가득 차 까매졌다. 나는 기껏해야 손톱 하나만 죽였을 뿐인데, 물이 가득 찬 배 속에서 250명의 어린 학생들이 단체로 손톱을 죽였다는 생각에 그저 어른으로서 아무것도 할 수 없는 자괴감에 부끄러웠다.

국가도 정부도 없는 구조의 막연한 대책 앞에 유족들의 기대는 실망감과 배신감으로 몇 곱절로 되돌아 왔다. 무엇이 국가고 누굴 위한 정부인지 되짚어 보는 참담한 시대다.

아이들이 손톱이 빠지도록
철판을 긁어대며 사경에 들 때도
분명, 시간은 침몰하는 배처럼
급박하게 잠기고 있었으나

안개 탓만 하는 어른들의
더럽고 무책임한 말들이
아이들의 웃는 영정 앞에서
뱀처럼 허물을 벗는 조문만 할 뿐,

현대시는 직접적 지각과 간접적 지각에 의해 일어난 감각이 이미지를 통해 재현된다. 시는 정조와 감동을 간직한 계율적 언어를 매개로 하여 정서와 상상력, 그리고 운율과 형식미에 의해 일반적 특징을 갖추며 작용하고 있다.

현대시의 경향은 대상을 비유나 심상을 통해 사실적으로 드러내기도 하지만 시적 대상인 관념과 사물을 추상화하는 것을 철저히 배제한다.

다른 차원에서 해석하자면 균열된 현실 사회와 인간 내면을 형상화하는 것이다. 가스통 바슐라르에 의하면, 시는 사물과 존재의 실체를 끊임없이 변모시키는 근원적인 것이라 하였다. 여기에 끊임없이 변모하는 존재를 시라고 하는 '틀'이나 '구조'로 짜 맞추어 균열된 현실 사회를 바르게 메우기 위한 한 방법으로써 시가 존재하는 궁극적인 가치가 있다 하겠다.

33

시작노트를 바꾼 날

시작詩作노트를 바꾼 날
강의 도중에 대놓고
떠드는 여학생 둘을
정중하게 퇴실시켰다
시의 새로운 입맛이 달아나고
세대 차이를 탓하기엔
알 수 없는 분노가 치밀었다
들뜬 시작의 첫날에
더러운 인내를 참지 못하고
욕설을 내뱉게 하는 지성을 가장한
거짓 담론이 졸고 있는 강의실
학점 따기에만 눈이 뒤집혀
불의고 공분이고 개코도 모르는
나약한 자본의 추종자들,
불투명한 시작의 앞날같이
학생들이 베껴 써대는 리포트가
세상을 더 불투명하게 하였다
시작노트를 바꾼 날

볕 좋은 가을날이 상가처럼 어두운

강의실의 창턱에서 조문을 하고

혀를 차며 돌아갔다

시작노트를 바꾸고 처음으로

쓴 시,

학 생 부 군 신 위.

피상적인 인식에서 탈피

나는 여타의 시인들처럼 노트북이나 컴퓨터로 시 작업을 하지 않는다. 오랜 습관처럼 연필로 먼저 시작노트에 초고를 잡은 뒤 노트북에 입력을 하면서 수정하거나 입력이 끝나도 다시 교정을 본다. 굳이 연필을 고집하는 것은 글이 써지는 연필 심인 흑연의 따뜻함 때문이다. 글 쓰는 손의 강약에 따라 흑연이 만들어 내는 서체를 보면 명암이 적당히 배어 있는 것이 시의 농담 같아 기분이 좋다.

문청 시절을 거쳐 지금까지 이십여 권의 시작노트를 바꾼 것 같다. 시작노트를 바꿀 때마다 쓰기 시작한 해당 연도와 월, 일에서 끝나는 연, 월, 일을 반드시 기입해 놓는다.

나는 강의 중에 눈에 거슬리는 학생이 있어도 끝까지 참으며 강의를 마치려고 한다. 하지만 어떤 때는 강의에 집중하지 못할 정도로 어수선한 학생을 발견하면 참지 못하고 정중하게 퇴실시킨다. 수요와 공급 관계를 떠나서 학생과 선생의 관계를 떠나서 교실 밖으로 나가 달라고 정중하게 부탁한다.

강의실 밖에서 강의가 끝나도록 기다렸다 거듭 죄송하다고
손을 모으는 학생들에게 겉으로는 웃었지만 불투명한 세상이
먼저 상가의 볕처럼 찾아들었다. 시작노트를 바꾼 날이었고,
처음 시를 쓴 날이었다.

몇은 스타벅스 커피를 먹다
몇은 명품가방 자랑을 하다가
예고 없이 날아든 최루탄에
눈치 빠르게 책상으로 몸을 가린다

절망을 이야기하는데 고개를 돌려
책상에 엎드리는 학생에게서
나는 다시 절망한다
이제 더 이상 혁명은 없다
학생들에게 혁명은 스펙이나 취업 같은
기호식품으로, 스마트폰으로도 길들여지지 않는
낡은 유품인지도 모른다

이제 더 이상 혁명의 날은 오지 않으리
투사 같은 대자보도 붙지 않으리

현실의 이상에 영혼마저 주눅 든

아, 419호 강의실.

좋은 시와 좋지 않은 시를 가르는 궁극적인 기준은 감동이 있냐 없냐에 따라서 달라진다. 좋은 시는 사물의 피상적인 인식에서 탈피하는 것이 시 창작에 있어 가장 기본적이다.

시를 쓸 때는 먼저 무엇에 대해 쓸 것인가를 정해야 한다. 내가 직간접적으로 겪은 경험이나 상황을 떠올려 솔직하게 쓰는 것에서부터 출발해야 한다.

처음부터 잘 쓰려고 하는 욕심을 부리지 말아야 한다. 욕심을 부리고 시를 쓰면 관념성이나 추상적인 측면에 편향되기 십상이다.

시는 살아가면서 보고 느낀 것을 자기 서정과 결부시켜서 써야 한다.

허밍의 시대

한숨만 떠도는 법정

여기저기 음계가 다른 탄식들이

리듬을 타고 방청석에서

분노의 건반 위를 딛는 듯

숨결들이 거칠고 불안하다

목젖에 잠긴 박자들이

입 속에 갇힌 욕설들이,

비강을 맴돌다 터지는 소리

정리해고로 노동자에게

극형을 내리는 순간에도

한숨의 희망은 절망으로

도돌이표로 돌아가

모두가 마른 울음으로

컥컥거리는 슬픈 허밍

각기 다른 음계들이

일시에 박자를 맞추는

본능의 숨결,

잔인한 하모니가 법정에

털썩 주저앉아 내린다

기막힌 소리가 내려앉는다.

진정성 함유

허밍은 입을 다물고 콧소리로 발성하는 창법을 말한다. 몽고 유목민들이 가축을 불러들이거나 자신의 위치를 알릴 때 주로 사용했다 한다. 허밍을 자세히 들어 보면 숨통이 끊어질 때 나오는 단말마 소리 같다.

그 단말마 같은 허밍 소리를 나는 꿈결에 들은 적이 있다. 초등학교에 갓 입학했을 무렵이었다. 동네 어른들이 아침 일찍 토지 소송으로 서울 법원으로 갔다가 저녁 늦도록 오지 않자 기다림에 지친 나는 잠이 들었다. 잠이 든 나를 패소를 하고 돌아오신 어머니는 당신의 무릎에 끌어다 안고는 짐승 같은 울음소리를 내면서 중간중간에 허밍 소리를 내었던 것이다.

잠결에 들은 그 소리 때문에 설핏 잠에서 깬 나는 그 상황이 너무나 무서워 눈을 뜨지 못하고 분노의 건반 위를 딛는 듯한 숨결을 더 들어야 했다.

쌍용자동차 해고노동자들의 복직 법정 투쟁에서 '해고는 살인이다'라는 외침들이 마른 울음으로 컥컥거리며 법정 바닥에 주저앉아 내렸다. 여기저기서 일시에 터져 나오는 잔인한 하모니가 허밍 소리로 음계도 없이 불안하게 터져 나왔다.

국가에게 노동자는 무엇인지, 노동자에게 국가는 무엇인지
기막힌 절망만 떠도는 허밍의 시대다.

저 코스모스는

자신의 가장 낮은 뿌리로부터

얼마나 많은 학대를 받으며

기둥을 밀어 올렸을까

일하고 싶다라며

흔들리는 코스모스에게

바람은 희망이었을까

법원 정문 모퉁이

손팻말을 든 코스모스가

새 우주 속으로 팔랑,

꽃잎 한 장 밀어 넣는다.

시는 정서와 상상력, 그리고 여러 가지 시적 장치에 의해 구
성되어 만들어진다. 특히, 간접적으로 체득한 경험의 경우 어
느 정도의 상상력이 가미가 되나 실제의 경험처럼 완전하게 생

성해 내기에는 역부족이다. 직접 겪었던 일을 시로 쓸 때에는 진실하고 정직하게 표현해야 한다. 겪지 않은 일을 상상력에 의존해 창작하기에는 그 한계가 있다. 이런 차원에서 리얼리티와 모더니티가 서로 교통하는 진정성을 함유해 상상의 한계를 극복해야 한다.

진정성이란 진실하고 정직한 것을 말한다. 시인의 사상이나 사유가 나타나지 않은 시는 미네랄이나 각종 성분들이 제거된 증류수와 같은 것이다. 증류수가 본래의 물맛을 잃어버렸듯이 진정성이 없는 시는 거짓의 시와 다를 바 없다.

뉴스나 언론매체에서 보고 들은 것을 사실적으로 표현할 때는 내가 겪은 일이 아니기 때문에 진정성이 떨어지기 십상이다. 마치 작은 나무젓가락을 솜사탕으로 치장한 꼴이 되어 버린다.

시는 메시지다. 결코 말의 치장이 아니다.

성판악

성채 같은 오름이 사람의 얼굴로

사람 마음마저 얻고 싶은지

고사목이 우는 소리를

조천 쪽 민가에 내려 보내네

죽은 구상나무 천 년 순결도

백록의 이마에 얹어 내려 보내네.

시는 언어의 사원

성판악의 명칭은 산 중턱에 암벽이 널 모양으로 둘러 있는 것
이 성벽처럼 보여서 성널 또는 오름을 뜻하는 한자어에서 유
래하였다. 성판악을 차로 오르내리려면 5·16도로를 이용해야
하는데, 이 도로가 본격적으로 확장되기 시작한 것은 1961년
5·16군사쿠데타 이후였다.

산천단에서 성판악까지 연차적으로 공사가 진행되면서 동
원된 군경들이 수도 없이 죽어 나갔다. 장병들의 땀과 죽음으
로 이룩해 낸 성과를 박정희는 공정이 70%에 불과하였는데도
1969년 10월 1일에 성대한 개통식을 거행하여 대통령 선거에
이용하였다.

그 당시 죽어 고사목이 된 장병들의 원혼이 아침마다 해가
제일 먼저 뜬다는 조천 쪽으로 내려 보내는 게 억울해서인지
구상나무의 천 년 순결마저 백록의 이마에 얹어 내려 보낸다.

그대의 숨비소리처럼
파도에 섞여 단검 꽂히는
소리로 날아드는,
바다에 홀린 사랑을 버리고 싶다

한라산 발밑까지 돌을 던지며
내 사랑을 비아냥거리는
저 놈을 이제는
바다로 놓아주고 싶다.

　　시는 언어의 사원이며 시인은 그 사원의 사제라는 말이 있
다. 시가 시인의 상상력으로 언어를 정확하게 운용하면서 사원
처럼 쌓아올리는 것이며 시인은 언어로 쌓인 시로 그 사원을
주관하는 사제와도 같다는 것이다.
　　시는 절박한 외침과도 같은 것이어서 거부하고 수용하는 경
계를 선택하는 행위의 일부분이다. 그리하여 시는 인간을 위
하고 삶을 위해 만들어져야 한다. 시가 인간을 위한 삶을 위한
시가 될 때, 비로소 독자나 시인들은 인간다운 삶을 누리게 해
주는 시의 힘을 기억하고 믿을 것이다.
　　요즘 웰빙이라는 말이 유행이다. 사람에게만 웰빙이 필요한

것이 아니라 시에게도 웰빙이 절대적으로 필요하다. 우리가 알고 있는 기지의 것을 미지의 것으로 생경하고 개성 있는 시어를 시에게 많이 먹여 주어야 한다.

어머니도 여자였다

어머니가 폐경을 하면서부터
꽃나무와 화분이 하나씩 늘기 시작했다
앞마당의 모란, 작약, 동백나무와
거실의 글라디올러스, 장군난 같은 구근들
주로 생리혈빛을 띠는 붉은꽃들이었다
몸이 거부한 본능을 유전적 층위에 따라
빨주노초파남보 순으로 배열한 어머니
오래전 빛바랜 개짐들이
붉은 생화로 피어나는 어머니의 속옷
꽃무늬 만발한 옷들이 빨랫줄 위에서
농익은 밀담을 주고받으며 수줍게 날리면
어머니의 자궁은 조금씩 문을 열어
양수를 흘려보냈을 것이다
구근의 크기만큼 화분에 들어찬 장군난
화분의 자궁이 산통을 할 때마다
하혈을 하는 붉은꽃들
꽃향기에 취해 잠이 든 이튿날이면
어머니는 잠자리에서 개짐의 꽃을 땄다

아직도 생리를 하는 어머니
어머니도 여자였다.

시의 고백적인 측면

내가 가장 좋아하는 어머니의 사진은 사십 대 중반에 부락민끼리 소풍을 가서 찍은 것이었다. 사진의 배경으로 봐서 어느 사찰의 마당이었는데, 그 마당 한쪽에 핀 목련나무에 어머니가 서 있었다. 감색치마에 흰색 블라우스를 입고 사진이 제일 잘 나온다는 45도 각도로 비껴 서서 찍은 독사진이었다.

나는 몇 년간 어머니 몰래 그 사진을 내 방 책꽂이에 꽂아 두고 몰래 보곤 하였는데, 부지불식간에 잃어버리고 말았다. 세월이 가고 어머니가 더 늙어 덥다라는 말을 자주 하였다. 그것이 폐경의 전조라는 사실을 총각인 나로서는 알 리가 만무했다. 얼마 가지 않아 월경혈을 받아 내는 기저귀감들이 빨랫줄에 널리지 않는 것을 보고 짐작은 하였지만 종내 어머니는 폐경을 하였던 것이다.

그로부터 집에 화사한 꽃무늬가 가득한 이불이며 옷가지들이 늘기 시작했다. 게다가 아기자기한 화분에 붉은 꽃들도 피어났다. 집에 화분이 본격적으로 많이 늘어난 계기가 있었는데, 그것은 아버지의 죽음이었다. 아버지가 돌아가시고 거실을

173

가득 채운 화분은 마당 처마 밑까지 줄을 맞춰 더 들어섰다.

젊었을 때보다 더 화사해진 어머니의 속옷이 빨랫줄에서 바람에 휘날리는 날이 많아졌다. 죽은 구근을 들어내고 자궁처럼 드러난 그 자리에 새로운 구근을 사다 심었다. 주로 생리혈 빛을 띄는 붉은 꽃들이 피는 구근들이었다.

아내는 달마다 빅뱅을 하는

우주 안의 또 다른 소행성

아내가 피운 꽃은 인력에 의해

밤낮없이 둥둥 떠다닌다

그러다 두 아이가 첫 유영을 한 곳에서

빅뱅의 흔적을 찾듯

꽃잎을 떨어트린다

빅뱅을 하기 위해

아내가 숲으로 들어간 밤이면

아내의 속옷에서 꽃이 핀다

무진장 핀다.

시에는 고백적인 측면의 한 양상으로 오브제(Objet)를 가지고 있다. 이는 주체의 내부를 들춰내는 것이다. 예를 들면, 인간의 몸속에 감춰져 있는 '소변, 피, 정액, 침' 등을 시적 대상으로 하여 진정성 있게 들춰내는 것이다. 조말선이 발칙한 상상력이나 도발적인 언어로 성과 환상적 문맥을 매개로 삼아 부조리하고 비현실적인 세계를 잘 그려낸 것이 그 일례다. 최근에는 김선우가 월경月經을 통해 다른 월경越境을 짚어 보고자 하는 시도가 있었다. 모두가 시에 진정성을 부여한 노력의 결실이라 하겠다.

여기 하나의 아름다운 풍경이 있다. 그 옆에 아주 혐오스러운 폐허도 하나 있다. 풍경에서 폐허를 보든지 폐허에서 풍경을 보든지 이제 여러분들의 눈은 한쪽에만 고정시켜야 한다. 그래야 시에 대한 진정성을 함유하게 될 테니까 말이다.

37

신기료장수는 애인이 많다

구두를 벗어 맨발을 내놓고
차례를 기다리는 여자들
발냄새가 날 법도 한 맨발과 구두를
외간남자에게 버젓이 내놓는
여자들의 익숙한 몸짓이
애인에게 애교를 떠는 듯 떳떳하다
한번쯤 애인의 손길이 되어
굳은살 박힌 발바닥을 쓰다듬어 달라는지
발가락으로 꼼지작거리며 신호를 보낸다
또 한번쯤은 애인의 발이 되어
그녀가 흘린 눈물자국을 따라
또각또각 쫓아가고픈 구두들
만지는 구두마다 땀내가 불불거리는
신기료장수의 집에는 애인이 많다
굽높은 애인부터 굽낮은 애인까지
닳은 굽만큼 사랑을 채워달라는
애인들이 많다
구두를 닦고 신발을 깁어도

늘 지울 수 없는 애인의 발냄새가 난다
신기료장수에게는 향긋한 발냄새가 나는
애인들이 참 많다.

시는 낚아채야 한다

　자주 가는 구두수선방이 있다. 갈 때마다 늘 만원이었다. 작은 컨테이너 박스 안에 붐비는 사람들 대개가 여성이었는데, 아마도 근처 쇼핑센터에 볼일 보러 왔다 겸사로 수선을 하고 가는 듯하였다. 구두를 벗고 맨발을 드러낸 여성들이 좁은 의자에 나란히 앉아 순서를 기다리는 모습을 보면 신기하기도 하고 아름답기도 하였다.

　손님이 뜸한 틈을 타 구둣방 사장에게 맨발을 드러내는 애인들이 많아서 참 좋겠다는 농을 던지자 객쩍은 소리 하지 말라고 하였다. 애인들이 많다, 내가 한 말을 다시 해 보았다. 애인이라…… 그렇지. 나는 애인이 주는 신호를 감지하고 그녀들의 발자국을 쫓아가고 있었다.

　굽 높은 애인부터 굽 낮은 애인까지 닳은 굽만큼 사랑과 눈물을 채워 주며 구두를 닦고 신발을 깁고 있었던 것이다. 요즘은 신기료장수라는 명칭을 잘 쓰지 않는다. 어색하기만 한 신기료장수보다는 그저 구둣방, 구두수선공이 더 어울리는 구둣방에 오늘도 많은 애인들이 외간 남자 앞에서 맨발을 내놓고

굳은살 박힌 발바닥을 쓰다듬어 달라고 한다.

블라디미르 마야코프스키라는 러시아 시인이 있다. 그가 젊었을 때 밤기차를 탔는데, 객실 안에는 아름다운 여성 한 명만 있을 뿐 다른 승객은 없었다. 겁에 질린 여성을 안심시키기 위해 마야코프스키는 "걱정하지 마세요. 나는 남자가 아니라 바지를 입은 구름입니다."라고 말했다. 무심코 한 말이었지만 마야코프스키는 자기가 한 말이 시라는 것을 알아차렸다. 후에 그는 이것을 정리하여 「바지를 입은 구름」이라는 명시를 남기게 되었다.

길을 잃은 바다가 지은 집
바람이 불어도 흔들리지 않고
파도가 쳐대도 떠돌지 않는
등대 같은 집에 여자가 있다
계절을 잊은 철새들을
바다로 다시 돌려보내는 한낮
윤슬에 비친 테이블의 그림자도
결코 적요를 깨트리지 않는 집
머리카락이 자라는 세월만큼
가슴에 돋은 외로움 한 줌을

익숙하게 말아 올리는 여자
여자가 바다에 떠 있다.

아리스토텔레스는 『시학』에서 시는 대상을 통한 자아의 인식이라 하였다. 대상은 글의 소재가 될 수 있는 모든 것을 의미하고, 자아의 인식은 작품에서 드러나는 통일된 전체의 의미인 주제를 뜻한다. 그래서 시는 대상을 통해 자아를 드러내어 진솔하게 표현해야 한다.

시는 쓰고자 하면 쓰이는 그런 단순한 예술의 창조 분야가 아니다. 시가 쓰이는 어떤 특별한 때가 따로 없다. 우연한 기회에 시는 써진다. 그 한 번의 우연한 기회에 시를 낚아채야 한다.

여기서 우연한 기회란 일상생활 속에서 일어나는 희로애락은 물론이고 보는 것, 듣는 것 등의 직간접적인 실제 경험의 세계이다. 한 편의 시를 통해 시인이 독자에게 말하고자 하는 어떤 세계가 있는데, 이는 상상력이나 사유하는 활동에서 우연한 기회에 비롯된다.

38

아침 전등사

누군가 나부裸婦를 훔쳐보다
달아나면서 엎질러 놓은
공양미 한 영겁

길바닥에 퍼져 앉아
잠이 덜 깬 동자승에게
젖을 물린다

밤새 대웅전 처마를 이고 있다
새벽길을 떠난 한 인연도
아침 안개비에 젖는다.

제목 정하기

전등사는 조선왕조실록을 보관하던 사고가 있는 강화군 길 상면 정족산에 위치한 사찰이다. 대웅전 처마를 이고 있는 벌 거벗은 여인을 뜻하는 나부상이 있어 유명한데, 여기에는 대 웅전 중수를 맡은 도편수가 자기를 배반하고 달아난 여인에 대한 복수심으로 조각해 넣었다는 전설이 있다.

아무도 일어나지 않은 이른 아침이었다. 바다에서 밀려온 해 무가 감나무에 걸린 홍시를 가렸다. 늦가을의 비에 젖은 낙엽 들이 길에 달라붙어 아침의 한기를 더 보탰다. 해무를 뚫고 천 천히 전등사 쪽으로 차를 몰았다. 빗물이 내린 아스팔트길이 더 검게 보였다.

전등사 입구까지 따라온 안개들이 경내를 들어서면서부터 서서히 자취를 감췄다. 아침 공기가 비와 낙엽 냄새에 섞여 풋 풋하였다. 대웅전으로 향하는 길은 반듯하였고, 수령이 오래된 고목들은 거대한 새의 날개로 홰를 치는 것 같았다.

아침 전등사에서 맞는 안개비. 누군가 흘리고 간 눈물인지 눈물 냄새가 나는 것 같기도 하였다. 인연이란 바람 같은 것이어서 떠돌다 보면 언젠가 다시 제자리로 반드시 돌아오기 마련이다. 길도 마찬가지다. 길에서 헤어진 길은 언젠가 다시 길에서 만난다.

이녁은 오늘도 나부를 깎고 있을까
오늘도 사랑으로 불사를 지을까
이녁이 쌓은 억만 불사에
사랑도 차갑다 밤이 더디고 무섭다
이녁이 엮은 사랑의 업보보다
내 마음의 번뇌가 더 차가운 신새벽
이녁은 오늘도 어디서 나부를 깎고 있을까.

시에서 제목 정하기는 매우 중요하다. 제목이 사물과 자아의 존재 의미를 집약시켜 주기 때문이다. 김소월의 「진달래꽃」, 한용운의 「님의 침묵」, 김수영의 「풀」 등의 작품 제목을 보면 거개가 작품 내용의 응집과 확장에 기여하고 있음을 알 수 있다.
시의 제목은 서론이면서 결론이기도 하다. 그래서 제목을 정할 때는 지나치게 거창하거나 막연하지 않은 게 좋다. 그렇다고 해서 생경하지 않게 제목의 내용을 모두 풀어 노출시켜서

는 안 된다. 제목을 붙일 때 편한 방법이 주제의 제목화를 한
다거나 중심 소재를 제목화하는 것이다.

39

해월에 지다

해월사 대웅전 섬돌에 앉아
바다에서 떠오르는 달을 본다
경전에 붉게 물든 동백도
달을 내다보는지 바다를 향해
합장을 하며 서 있다
성불로 가는 길이 바다를 가르려하는 것인지
노승의 염불이 대웅전 난간에 매달려
속 깊은 밤바람에 떨고 있다
바다에게 공양을 올리는
승복을 걸친 회나무가지들
관절마다 두둑거리는 번뇌가
목어의 소리같이 도란도란하다
구름이 바짓단을 걷어
해월의 경에 발을 담그고
천축을 건너가는 수계의 시간,
달이 극락전 문고리를 차갑게 잡아당긴다
불온한 사랑을 등진 한 찰나가
해월로 진다

해월에 해인 같은 한 업을 새겨 놓고

묵언으로 진다.

자기만의 시어를 구축하자

해월사는 서산시 대산읍 삼길산에 위치하고 있다. 백제 때 창건된 사찰이라 하나 정확하게 알려진 바가 없다. 수덕사의 말사로 조선 후기까지는 해월암이라고 불리었으나 후에 삼길산의 이름을 빌려 삼길암이라 하였다.

근래에 들어 삼길사에서 해월사로, 해월사에서 다시 본래의 삼길사로 불리고 있다. 대호방조제가 끝나는 지점에 삼길포라는 포구가 있는데, 그 삼길포를 뒤에서 감싸고 있는 산이 삼길산이다.

내가 가파른 길을 타고 올라가 처음 본 사찰의 이름은 해월사였다. 대웅전 앞에서 내려다본 풍경은 가히 절경이었다. 지금은 방조제가 막히면서 바닷물이 끊겼지만 밀물 때 바다 위에 뜬 달을 상상해 보니 사찰 이름이 왜 해월사인지 이해가 되고도 남았다.

해월, 바다에 뜬 달 아니면 달빛에 젖은 바다가 뜻하는 해월의 경전임에는 분명한 것 같았다. 성불로 가는 길이 바다를 건너 천축을 가로지르는 수행자에게는 해인 같은 엄숙한 계율을 단단히 새기는 것인지도 모른다.

해월사 섬돌에 앉아 나는 불온하게도 사랑을 떠올렸다. 달그림자가 빠져든 바닷물에서 사랑도 그러했을 거라는 생각을 하였던 것이다. 사랑은 강요나 일방적인 흐름이 아니라 달빛이 바다에 젖듯 바다가 달빛을 받아들이듯 자연스럽게 농도를 맞춰가며 하나의 색으로 통일되는 것이라는 것을 깨달은 것이다.

바랑에 얹힌 번뇌가 짝사랑같이
가볍기도 무겁기도 하는지
걸음을 옮길 때마다 들썩거린다

사랑을 내려놓지 못한 중생이
산새가 되어 울기도 하고
사랑을 잘못 내려놓은 중생이
산벚꽃이 되어 날리기도 한다

성불사 돌계단에 앉아
산그림자같이 길게 늘어지며
더디게 오는 그대를 기다린다.

시를 쓸 때 시를 쓰는 자세가 매우 중요하다. 시에 대한 새로운 생각을 하는 것은 물론이며, 기존 언어에 대한 의미를 정화시켜 한 단계 더 업그레이드시켜야 한다. 그래서 자기만의 시어, 자기만의 언어를 구축하여 시적 진실을 추구해야 한다.

여기서 언어의 힘에 밀리면 관념화되기가 쉬우므로 일관성 있게 밀고 나가는 끈기와 지구력이 필요하다.

시가 너무 겉늙지 않도록 생기 있는 젊은 시 정신을 함양하여 새로운 시 작업의 풍토를 조성하는 것도 중요하다.

40

바람의 사원

천장天葬을 끝낸 독수리들이
마지막 뜨듯한 살점을
하늘 속에서 뜯어 먹었다
조문을 끝낸 독수리 떼들이
순서대로 밥상을 받아 놓고
경전을 외우듯 울어댔다
귀퉁이가 무너진 회벽집이
바람에 웅웅거리며
향불연기에 가려 더 뿌옇게 보였다
어린 상주대신 바람에 나부끼는
타르쵸가 구슬프게 울었다
경전이 닳도록 바람이 읊는
망자의 짧고도 긴 연혁
바람이 번져가는 사원의 도량만큼
하늘 모서리에서 환생의 문을 여는
바람의 사원.

실감의 분리

시신을 독수리에게 먹이로 주는 티베트의 장례 풍습인 천장을 다큐멘터리를 통해 본 적이 있다. 땅에 박은 말뚝에 시신을 묶어 놓으면 독수리 떼들이 날아와서 뜯어먹는다 하여 조장, 또는 천장이라고 하였다. 독수리 떼들이 뜯어 먹다 남은 살점은 장례를 주관하는 사람이 도끼나 칼로 잘 정리하여 다시 독수리에게 던져 주었다.

티베트 사람들은 새의 제왕인 독수리에게 시신을 바침으로써 죽은 사람의 영혼이 다시 하늘로 돌아간다고 믿고 있다 한다. 그 충격적인 영상은 며칠 동안 쉽게 잊히지 않았다. 특히 시신을 뜯어 먹는 독수리 떼, 연기에 가려진 회벽집, 바람에 나부끼는 타르쵸 등이 나를 쫓아다니며 괴롭혔다.

바람이 조금만 불어도 티베트에서 불어오는 바람처럼 여겨졌다. 날아가는 새만 보여도 독수리 떼들이 떠올랐다. 알 수 없는 망자에 대한 조문을 하듯 조심스럽게 시의 첫 구절을 열었다. 하늘로 다시 돌아가기를 믿는 티베트의 사람들처럼 나는 나름의 환생의 문을 하늘 모서리에 달았다. 바람이 물어다 나르는 사원의 문에다 형형색색의 타르쵸도 경전처럼 달아 놓았다.

　　　　허공에 새긴 수많은 경전

　　　　바람이 읽고 새가 읽는다

　　　　바람에 날린 경전을 새가 물어다

　　　　건너편 산자락까지 전도를 한다

　　　　경전이 낡도록 나부끼는 만큼

　　　　소원 하나 메아리를 타고

　　　　고승이 입적한 돌무덤 언덕에 가 닿는다

　　　　바람에 떨고 추위에 떠는

　　　　억만의 경전들

　　　　오늘도 경전을 읽어 보내기가

　　　　층층나뭇잎처럼 외롭다

　　한 편의 시를 통해 시인이 표현하고자 하는 관념과 세계가 있는데, 이 주관적 관념을 직접적으로 드러내는 것이 아니라 객관화시켜 추상적인 관념에서 벗어나야 한다. 쉽게 말해서 헌 (Hearn)이 말한 '실감의 분리'이다. 그에 의하면 오래전에 획득한 실감은 시간이 점차 지나 작품 속에서 실감이 분리된 채, 순화된 정서로 재구성되어 미적 정서로 나타난다 한다.

시를 쓸 때 관념을 떨쳐 버리지 못하면 작품 속에서 전체적인 통일성은 물론 객관화되지 않은 이미지를 함부로 적용하게 된다. 그러다 보면 글을 쓴 이는 잘 쓴 글로 착각하게 되지만 독자는 그런 시를 글쓴이의 의도대로 다 읽어 내지를 못한다.

시 쓰기의 오류가 여기에 있다. 글쓴이는 자기의 의도대로 글을 쓰지만 독자는 그런 작가의 의도를 알 수 없이 다른 방향으로 시를 읽어 내기 십상이다. 그래서 주관적 감정의 객관화가 필요한 것이다. 시가 시인 자신만의 표현에 머무는 것이 아니라, 독자와 공유하는 정서로 존재하고 소통되어야 한다.

41

그녀를 만났다

난장에서 유리꽃병을 사오다
그녀를 만났다
안부도 없이 오래도록
가슴으로 써 온 시들을
하나씩 읊어주고 싶은 그녀
밥 한번 먹자는 막연한 인사처럼
그녀를 만났다
멀리서도 단박에 알아 볼 수 있게
사금파리빛 같은 미소를 띄는 그녀
유리꽃병에 얼굴이 어른거리는
그녀를 만났다
흔들리는 빛의 방향에 따라
동공이 더욱 짙어지는 그녀
그녀가 배시시 웃으며
길을 막고 노랗게 서 있었다
코발트빛 롱스커트를 입고
꽃대궁을 밀어 올리는 듯
뒤꿈치까지 들고 종종거리는 그녀

유리꽃병 너머로 달빛이 들 때마다
그녀 때문에 필 수선화 생각에
물빛 그림자가 더 길어져 갔다
철지난 꽃들의 향기를 치우다가
유리꽃병에 하냥 어른거리는
그녀를 다시 만났다.

내면적 해방의 방법

저녁을 먹고 시내 거리를 산책하다 보면 많은 사람들을 만나게 된다. 그중에는 안면 있는 사람도 있고 초면인 사람도 있다. 대개는 초면인 사람이 많지만 그중에는 전혀 낯설지가 않은 사람도 있다. 거듭되는 산책 시간에 마주치는 사람이 있었는데, 이상하게도 여성이었다. 일부러 그렇게 해도 되지 않을 것 같은 그 여성과의 만남이 자주 있었다.

거의 같은 시간, 같은 지점에서 마주 지나쳤다. 서로 마주치는 빈도수가 잦아지자 그 여성이 나를 경계하는 빛이 역력했다. 그도 그럴 것이 한두 번도 아니고 거의 같은 시간에 불편한 사이가 되어 지나쳐 가니 아마 스토커로 오해했을지도 모른다.

그러나 며칠 동안 눈에 띄지 않더니 종내는 달포가 되도록 그녀를 보지 못했다. 내 딴에는 이사를 갔거나 여전히 나를 피해서 다니고 있겠구나 하는 생각을 하였다. 나는 변함없이 정해진 시간에 산책을 계속하였지만 더는 그녀를 볼 수 없었다.

어느 날 산책을 하다 난장이 널린 귀퉁이 머리에서 뜻하지 않게 그녀를 다시 만났다. 그녀의 손에는 유리꽃병이 들려 있었고, 그녀도 당황한 듯 사금파리빛 같은 미소를 지었다. 마치 밥 한번 먹자는 막연한 기대처럼 불쑥 그녀를 만난 것이다.

코발트빛 롱스커트를 입고 멀어지는 그녀의 뒷모습으로 알 수 없는 아쉬움 같은 물빛 그림자가 길게 늘어졌다. 유리꽃병에다 어쩌면 수선화를 꽂을 그녀 생각에 한 번쯤 달빛이 되고 싶어졌다. 그런 달밤에 그녀를 다시 만나고 싶었다.

눈을 감지 마세요

움푹 파인 눈초리가 더 깊어져

우물을 보는 듯해요

검고 깊은 눈맵시가

이미 서곡을 타고

물질을 하는 듯 찰방찰방 거려요

두 볼에 갈래진 귀밑머리가

첼로의 현처럼 음계를 짚으며

흰 목덜미를 오르내려요

눈을 뜨면 우물에 비친

깊디깊은 별자리 하나

첼로의 중후한 선율이 잔물결로

서서히 흔적을 지워요.

우리는 왜 시를 쓰려고 하는 것일까? 이에 대한 해답은 문학의 기능을 차치하더라도 옥타비오 파스가 말한 "시의 본질적 기능은 세상을 변화시키는 것이며, 모든 시적 행위는 정신의 수련으로서 내면적 해방의 방법이다."라는 말에 잘 나타나 있다.

여기서 주목해야 할 것은 '내면적 해방의 방법'이다. 이 말을 뒤집어 보면 인간이 처한 심경의 상황을 단계적으로 글로 표출함으로써 심경의 그 상황에서 해방된다는 뜻이다. 즉 '슬픔, 사랑, 분노, 아름다움, 노래' 등의 개별적인 정서에서 시가 비롯된다고 보는 것이다.

원래 시는 '사랑'이나 '아름다움' 때문에 생겨났다고 해도 과언이 아니다. 바꾸어 말하면 '사랑'이나 '아름다움'을 끈질기게 자극하는 하나의 대상에 대해 관심이나 집중이 없이는 시가 만들어지지 않는다는 것이다. 관심과 집중력은 대상에 대한 집요한 응시이기도 하다.

42

낮잠

기별도 없이

당신을 보러갔다

헛걸음으로 되돌아오는

길고도 짧은

발자국 몇 폭.

시는 감각이다

한 시간을 행복하려면 낮잠을 자라는 말이 있다. 짧은 토막 잠을 통하여 피로와 정신적 스트레스를 잊고 행복을 누리라는 뜻일 것이다. 점심식사 후 한낮에 쏟아지는 잠은 어른이나 아이나 좀처럼 참기 힘들다.

2015년 취업포털 잡코리아가 직장인 2,000여 명을 대상으로 조사한 결과 97%가 근무시간 중 졸음을 느낀 적이 있다고 답했다. 그만큼 많은 업무와 삶의 여유가 없음을 반증해 주는 사실이다. 참기 어려울 정도로 졸음이 찾아올 때 짧게 자는 낮잠은 집중력과 기억력의 향상, 창의력을 분출시키는 긍정적인 측면에서 여러 가지 효과를 가져다준다.

나는 낮잠을 잘 자지 않는 편이지만 간혹 참을 수 없는 졸음이 엄습하면 십 분 정도 눈을 붙이는 경우가 있다. 이상하게도 낮잠을 자고 일어나면 다른 장소, 다른 시간대의 세계에 와 있다는 막막함이 먼저 느껴져, 그 사실에 적응하는 게 싫어 피곤해도 낮잠을 여간해서는 자지 않는다.

마치 낮잠을 자면서 꿈속의 일들과 현실의 일들이 꿈과 연

결되는 기시감 현상으로 보이는 것 같아 혼란스러웠다. 그중에
는 마음이 불편했던 과거의 사건이 대부분을 차지하고 있었
다. 억울한 누명을 당하였거나 조바심이 나도록 매달렸지만 이
루어지지 않은 사랑, 그러한 것들이 짧은 낮잠을 통해 언뜻언
뜻 되살아나는 것이었다. 오늘도 기별 없이 당신을 만나러 가
는 낮잠에 일부러라도 들고 싶다.

나의 집은 프라도 미술관
하루의 고단을 누드로 걸치고
마야부인처럼 누워 잠든 당신
눈을 뜬 마야는 나를 보고 있는데
눈을 감은 당신은 잠시 기도를 하는 듯
침묵만 입가에서 반짝인다
망각이라고 부르는 망각을 걸치고
아무 일 없듯이 누워 있는 당신,
문을 닫아 주세요
아닙니다 그것은 거짓말입니다
문을 활짝 열어 주세요
당신,
잠들면 깨지 마세요

깨면 다시 잠들지 마세요

당신,

시는 개념이 아닌 감각이다. 원시종합예술에서 분화한 시는, 고대로부터 감각에 의해 쓰였고, 감각으로 읽혀 왔다. 감각은 대상을 지각하는 최초의 직관력이다. 감각이 없이는 직관이 나오지가 않는다. 우리가 사물을 바라볼 때는 그것에 대한 감각을 직관으로 가져오는 것이지, 결코 개념으로 받아들이지 않는다.

남녀가 상대에게 호기심을 갖고 교제를 시작할 때 그 첫 마음은 감각에서 출발하는 것이다. 처음부터 개념으로 접근하면 남녀 교제는 이루어지지 않는다.

시도 마찬가지다. 개념으로 접근하면 시가 어려워지고 시 쓰기가 막막해진다. 그러나 감각으로 접근하면 미적 작품으로 결정짓는 중요성을 갖는 시적 기능을 획득할 수 있다. 감각은 어떤 의미에서 보면 시를 묘사하는 사건이나 대상을 양식화하고 변형시켜 준다.

43

아를에서

노란 나무벤치에 앉아
그림을 그리는 고흐를 생각한다
남풍에 묻어오는 볕그림자가
막 채색해놓은 캔버스를 스치며
따뜻하게 지나가는 아를

저기 어디쯤에다 이젤을 받쳐두고
사랑 한 줌을 넣고 그렸는지
한들거리는 해바라기가 향기롭다

볕이 들고 날 때마다
바람에 방향을 바꾼 들뜬 마음들이
노랗게 물들어가는 아를

고흐가 앉아 있는 아를의 카페
볕에 더 짙어지는 나무벤치처럼
커피향기가 시 한 편으로 번지는 아를에

고흐의 사람들이 오고간다

해바라기 같은 둥근 설렘으로 오고간다.

언어의 그림

아를, 언젠가 한번은 꼭 가보고 싶은 곳이지만 나는 아직 가보지 못했다. 프랑스 남부지방에 있는 중소도시 아를. 고흐가 죽기 전 대부분의 〈해바라기〉 그림을 그린 곳이기도 하고 〈별이 빛나는 밤〉으로 유명해진 곳이기도 하다.

1853년 3월 30일, 네덜란드 남부 작은 마을에서 태어난 고흐는 후기 인상주의 화가로 인정받고 있으며, 현대 미술사의 표현주의 흐름에도 지대한 영향을 미쳤다.

아를은 빈센트 반 고흐가 노년을 보내면서 창작에 몰두한 곳이다. 이 시기에 화풍이 달라지면서 옥수수밭, 골짜기, 오두막집 같은 그림의 내용을 선택해 따뜻한 색조와 한결 범위가 넓어진 표현으로 보다 더 서정적으로 변화를 갖게 된다.

1888년, 크리스마스 이브 때 귀를 자르고 고갱과의 예술적 단교를 선언하지만 고흐에게 돌아온 것은 정신이상자라는 시선과 정신병원에 12개월 동안의 감금이었다. 더는 그림을 그리지 못할 것 같은 두려움을 느낀 고흐는 동생 테오에게 편지를 써서 1890년 5월에 파리를 거쳐 오베르쉬르우아즈로 가 정열적으로 그림 작업에 다시 몰두하였다.

그러나 생활비를 전적으로 테오에게 의존하는 미안함과 그림으로 성공하지 못한 죄책감 등을 극복하지 못하고 1890년 7월 29일에 스스로 총을 쏘아 자살하였다.

남프랑스에 있는 아를에는 가 보지 못했지만 아를이라는 카페는 자주 갔다. 카페 아를에는 프로방스 스타일로 꾸며진 소품과 따뜻한 노란색 벤치가 있었다. 곳곳에 고흐의 자화상도 걸려 있어 마치 아를에 와 있다는 착각이 들 정도였다.

아를에서 내가 떠올린 것은 예술적인 고뇌로 절망한 고흐도 고흐이지만 고흐가 사랑했던 사람이나 아니면 고흐를 사랑한 사람, 고흐와 연관되어 있는 고흐의 사람들 그 자체였다. 그러한 것들이 글을 쓰는 내내 턱수염이 덥수룩한 고흐의 자화상처럼 아득하게 다가왔다.

흑백으로 자란 고흐의 수염이

나비의 골 깊은 날개무늬 같아

문을 여닫을 때마다 유화냄새를 풍긴다

유리 속으로 비치는 나비의 눈에서

붓질을 하는 고흐가 보인다

유리창에 붙어 있는 나비

고흐가 그린 나비의 자화상
자화상이 자화상을 바라보며
커피를 몰래몰래 훔쳐 먹는다.

　루이스는 그의 저서 『시적 이미지』에서 이미지를 설명하면서 시를 '시인의 상상력에 의해 그려진 그림'이라고 정의를 내린 바 있다. 이는 시인이 생각하고 있는 관념을 육화하여 어떻게 이미지로 생성해 낼 것인가라는 문제와 직결되어 있다. 한 편의 시를 창작할 때 시인은 독자에게 그 무엇을 전달하여 환기시키고자 하는 것이 있다.
　그것은 시인이 사유하는 세계일 수도, 실제적으로 겪은 세계일 수도, 아니면 시인의 상상력에서 빚어진 세계일 수도 있다. 시인은 이것들을 미학적으로 독자가 알 수 있는 상태로 나타내는데, 그 수단으로써의 가장 효과적인 방법이 지각 작용의 재생이다. 감각적 형상이 마음속에서 재생될 때 비로소 시를 쓰게 된다.
　시인의 상상력에 의해 언어로 그림이 그려지는 것이다.

44

인연

맛집으로 소문난 식당에서
그녀를 처음 만났다
손님들은 북적이고,
그녀도 혼자 나도 혼자여서
우리는 한 테이블을 두고
얼굴을 마주하였다
주문한 음식이 나올 동안
멋쩍게 있기도 뭐해서
말을 섞고 낯을 섞고,
웃음을 섞었다
생면부지의 사람과 사람이
한 끼의 인연으로 마음을 섞어
말문을 트고 화답을 하는
따뜻한 초면의 자리
바다를 좋아한다는
그녀의 머릿결 너머로
해풍이 부는 듯 내 가슴에
아슴한 물결이 파문을 쳤다.

시가 인연을 만든다

사전적 의미의 인연은 원인을 뜻하는 불교 용어이다. 인은
결과를 낳기 위한 내적인 직접적 원인을 의미하고, 연은 이를
돕는 외적인 간접적 원인을 의미한다고 한다. 이 둘의 양자를
합쳐 원인의 뜻으로 사용하기도 하는데, 직접적인 원인과 간접
적인 원인이 추동하여 하나의 원인으로 귀결하는 점에서는 동
일하다고 보고 있다.

어느 지방을 여행하다 밥 때가 되어서 그 지역에서 소문난
식당을 수소문해 찾아갔다. 맛집으로 알려진 식당답게 많은
손님들로 북적였다. 입구에서 차례를 기다렸다 들어가자 혼자
온 사람은 따로 가려내어 혼자인 사람끼리 합석을 시켜 주었
다. 아마도 바쁜 시간대에 독상을 줄이고 혼자인 사람끼리 같
이 앉혀서 좌석을 줄여 보자는 의도인 것 같았다.

그도 혼자였고 나도 혼자여서 우리는 한 테이블을 두고 마
주 앉았다. 한국 사람들은 대개가 낯선 초면의 사람에게 마음
의 문을 쉽게 열지 않는다. 그것이 상대방에 대한 배려라고 생
각할지 모르지만 반대로 생각하면 무례하기도 한 것이다. 음식

이 나올 동안 가만히 있기도 그래서 '어디서 왔냐, 어디로 가는 길이냐' 등의 호구조사 같은 상투적인 질문과 답을 주고받았다.

말을 섞고 낯을 섞으면서 내가 알아낸 상대방의 정보는 김포에서 작은 플랜트 사업을 하는 사람이고 아버지의 병환 때문에 고향인 대천으로 내려간다는 사실이었다. 생면부지의 그와 내가 밥 한 끼의 인연으로 말문을 트고 화답을 하는 초면의 자리였다. 식사가 끝나고 일어서며 내 것만 계산하기도 그래서 정중하게 "이것도 인연인데, 제가 계산하고 싶다."라고 양해를 구했다.

그러자 그가 고맙다는 말과 함께 명함을 건네 주며 언제 김포에 오게 되면 꼭 전화해 달라고 하였다. 식당을 나오는데 서해의 해풍이 불어오는 듯 가슴이 따뜻하고 가벼웠다.

살 궁리를 하다 지친 궁말의 촌로들이
지평에 깔린 노을을 내다보며
궁담을 하는 시각에도
그대는 벼꽃으로 들판에 서 있었겠지요
그대가 궁리로 행차하는 입때에도
태아가 발길질을 하듯 들녘을 건너뛰며

속궁리와 속궁리가 입을 맞추는
궁궐 같은 안궁리가 도성 밖에 있었겠지요
그대를 연모하는 은장도를 닮은
매서운 궁녀도 있었겠지요.

시는 인연을 만들고 인연을 낳는 것이다. 앞에서 말한 인연
의 사전적 의미처럼 내적인 직접적 원인을 자아성찰이나 자아
확립을 하는 요소로, 외적인 간접적 원인을 대상이나 시대상
의 요소로 병치시켜서 보면, 이 양자가 추구하는 '아슴한 물
결'과 '파문'의 교집합 같은 정서는 시가 드러내고자 하는 궁극
적인 인연의 본질이 아닐까.

45

군산여자

폐철로가 녹이 슬면서부터

끊긴 사내의 발걸음

부교가 엉덩이를 갯바닥에 붙일 때도

썰물인 듯 돌아오지 않은 사내

기적汽笛이나 뱃고동소리가

양철지붕을 타고 환청같이

들려오는 춘삼월의 달밤이면

심해를 휘젓는 물고기지느러미로

빈방을 철썩이며 닦는 여자

창문에 걸린 연등이

목이 늘어난 여자의 속옷을

붉게 훔쳐보는 보름밤

먼 바다에서 풍랑을 따라

크고 작은 상처를 다독이며

뭍으로 끈끈하게 밀려와

섬이 된 여자

녹이 슨 폐철로 위로

오래전 스쳐간 사내의 발자국,

눈에 익은 문패 앞에서 머뭇거리다

섬으로 잠겨든다

섬이 되어 앉아있는 여자도

사내냄새가 진동하는 밀물에

잠겨든다.

시는 언어와 의미로 만들어진다

처음 군산을 간 것이 비응도에서 선유도로 가는 여객선을 타기 위해 시내를 관통하면서였다. 스쳐 지나가는 거리의 모습은 이미 지나간 시대의 어느 한 지점으로 다시 되돌아와 있다는 느낌이 들었다. 익숙한 모습에 익숙한 냄새마저 나는 것 같았다.

그 후로 몇 번이나 더 군산을 방문하였지만 갈 때마다 지루한 생각보다는 마음이 편해지고 오래전에 잊어버린 애인의 전화번호를 기억해 낸 것처럼 들떴다. 군산하면 떠오르는 크고 작은 역사적 사건이 많이 있지만 그중에서도 제일 비극적인 것은, 채만식이 그의 대표작 『탁류』에서도 지적하였듯이, 일제강점기 때의 미곡 수탈 사건이 아닌가 싶다. 미곡 수탈로 부를 축적한 일본인들이 군산 시내에 일본식 적산가옥을 지어 생활한 흔적이 지금도 곳곳에 산재해 있다.

내가 군산이라는 도시를 좀 더 이해하고 경외롭게 바라본 것은 경암동 철길마을을 찾으면서부터였다. 철길을 사이로 두고 집들이 철길 따라 연이어 들어서 있었는데, 그 좁은 철길

공간에서 삶을 이어온 사람들과 그곳을 거쳐 간 사람들의 흔적이 기적처럼 들리는 듯하였다. 제재소가 문을 닫으면서 자연히 폐철로가 되었지만 지금은 잘 보존하여 지자체에서 문화콘텐츠 사업으로 이용하고 있다.

철길 빼곡히 들어선 집들의 벽이나 철길에는 다년간 수많은 사람들의 낙서가 있었는데, 그중에서 내 시선을 단번에 뺏은 것은 "엄마, 아프지마."였다. 엄마라는 여자, 여자로서의 엄마. 철길 위에서 집과 집 사이로 아득히 보이는 철길을 보면서 나는 생의 질곡을 넘어왔을 수많은 여자와 군산 여자를 떠올렸다.

섬을 본다
섬과 섬 사이의 병실에 누워
바르르 떠는 섬을 본다

길림시에서 섬을 떠나온 지 두 달 만에
손가락 두 개를 절단당하고
붕대로 동여맨 섬이 된 김염화씨

섬과 섬 사이를 오가는 것이
프레스 칼날로 번뜩거리며

손가락을 조마조마하게 했는지
길림시에 두고 온 남은 섬마저
불안, 불안하다

시는 언어와 의미로 만들어진다. 그러기 때문에 정서적으로 독자에게 감동을 전달하여 독자로 하여금 반응을 환기시켜 주는 기능을 수행해 준다. 중·고등학생들의 백일장 심사를 하다 보면 눈에 거슬리는 것이 기성 시인의 흉내를 많이 내고 있다는 점이다. 물론 좋아하는 시인을 모델로 삼아 그의 작품세계에서 다른 작품세계를 만들어 내는 것도 중요하지만 시인과 시인의 작품조차 뛰어넘지 못하고 상이나 인기에 영합한 작품을 만든다는 사실에 유감과 우려를 표시하지 않을 수 없다.

이제 시가 어렵다는 생각은 버리자. 시에 대한 자신감을 갖자. 좋은 시와 그렇지 못한 시를 구분할 줄 알게 되면 이미 여러분은 시를 쓸 줄 알고, 해석을 할 줄도 알게 된 것이나 마찬가지다. 시가 쉽다고 해서 해설이 쉬운 것도 아니며 시가 어렵다고 해서 해설이 어려운 것도 아니다. 단지 내가 속한 이 사회에서 살아가면서 하나의 수수께끼나 화두를 짓는 것이다.

46

목계 木鷄

단 한 번의 울음으로
당신 심장을 멎게 할 것 같아
홰대에 오르지 않는 닭
바람이 든 나무의 기억 때문에
펴지지 않는 날개가
자꾸만 푸드득 거린다
독수리처럼 홰를 치고 싶은 본능이
하늘을 향할 때마다
울 수 없는 언어들이 목젖에 잠긴다
죽도록 날아가는 빈 날갯짓
당신에게 가는 길이 있다면
부리에 피가 나도록 싸우는
눈이 먼 투계가 되어도 좋아
몸 속 가득 당신이라는 호칭을
결결이 쌓아 놓은 채
울지 않고도 부르는 닭
바람에 흔들린 나무의 문장이

영겁으로 대답하는 사랑인 듯

붉은 동공을 빠져나간다.

체험적 자아와 서정적 자아

내가 알고 지내는 시인 중에 박병원이라는 분이 있다. 늦깎이로 등단한 시인이지만 연세에 비해 매우 역동적이었고 매사에 열성적이셨다. 사진작가, 문인화가, 서예가 등의 다방면에서 활동하고 있을 뿐만 아니라 거리나 장소를 마다하지 않고 국내는 물론 국외까지 출사를 나가는 창작욕이 왕성한 분이었다. 이분이 친필로 '목계'를 써 주시면서 장자의 「달생」 편에 나오는 투계를 좋아하는 왕과 조련사인 기성자와의 일화까지 메모를 하여 자세한 설명까지 덧붙여 주었다.

귀한 붓글씨를 받고 묵혀 두기도 그렇고 해서 액자 작업을 하여 벽에 걸어 두었다. 자연히 오가는 눈길에 '목계'라는 글자가 자꾸 눈에 띄어 머릿속에서 맴돌게 되었다. 원래 목계는 나무로 깎아 만든 닭을 뜻하지만 다른 사람이 싸움을 걸어와도 움직이지 않고 평소의 모습대로 정중한 자세를 유지하며 자신의 힘, 권력 등을 과장하여 허장성세를 부리지 않는다는 교훈적인 의미를 내포하고 있다.

그런데 나는 목계에서 사랑을 갈구하는, 사랑 때문에 나무

의 문장에 깃든 당신의 숨결을 나무로 만든 닭으로 표현하였
다. 그것도 당신의 심장을 멎게 할 것 같은 홰를 치고 싶은 본
능으로 말이다.

사랑한다는 말이 자연스러운 시대다. 사랑한다는 말이 결코
쉽지가 않은 것인데도 사랑한다는 말을 쉽게 한다. 정말 사랑
한다면 남발할 수 없는 엄숙함이 있어야 할 것이다. 그래서 좀
더 사랑할 수 있다면 그때 비로소 사랑한다고 말해도 좋을 것
이다.

진짜 사랑은 말하지 않아도 서로 바라보는 것만으로 아름다
운 것이다.

안섬에 들어서야 시가 쓰고 싶어졌다

당신보다 먼저 시가 그리워졌다

섬이면서 섬이 아닌 섬

시이면서 시가 아닌 시

당신이면서 당신이 아닌 당신

안섬에서 시와 당신을 놓고

어느 것을 버려야할지 등대에 기대어

먼 바다에서 들기 시작한 밀물에게 물어본다

사랑의 맹세를 휘갈겨 놓은 등대

나 또한 어깨를 기대어 사랑의 맹세를

각서를 쓰듯 신중하게 써본다.

대개의 현대 서정시는 시인 자신의 진실한 감정이 시인의 개
성과 밀접하게 연관되어 있다는 사실에서 서정적 자아를 시인
의 분신으로 여겨 왔던 것이 사실이다. 그러나 체험적 자아(시
인)와 서정적 자아(화자)를 엄밀히 구분해야 할 것이다.

시인은 시 속에서 시인 자신의 화자를 내세워 화자를 통한
순화된 정서로 조직화된 시를 만들어 내는 것이다.

시에서 시인과 화자를 일치시키면 주정적 방향으로 흘러 일
관된 정서를 유지하기가 힘들어진다. 그러다 보면 자연히 시제
의 불일치, 주체와 객체의 혼돈으로 글을 쓰면서 자가당착에
빠질 수가 있다.

스스로 시로부터 자신을 감추기 위해서는 대상을 섬세하고
정밀하게 관찰하는 집중력이 있어야 한다. 집중력은 대상의 이
미지, 상황, 성격, 형태 등을 파악하여 나름대로 이미저리를 축
적하게 된다.

이때 만들어진 이미지들은 시 창작 초기 습작 과정에서 매
우 중요한 요소가 된다. 이렇게 사물을 보는 집중력에서 획득
한 이미지나 정서들을 시로 인식하는 중요한 과정이 있는데,

이는 대상의 본질을 파악하여 시로 만드는 정신작용으로 집중력 못지않게 아주 중요하다. 관찰과 집중력, 그리고 인식은 대상의 특성을 주제에 접근시켜 주는 것으로 시 창작에 있어서 필수요건이며, 그것을 가로지르는 사람은 시인의 몫이다.

이기적인 시와 이기적인 시론

2016년 8월 23일 1판 1쇄 인쇄
2016년 8월 30일 1판 1쇄 발행

지은이_권혁재
펴낸이_정영석
펴낸곳_**마인드북스**
주 소_서울시 관악구 국회단지15길 10, 102호
전 화_02-6414-5995
팩 스_02-6280-9390
홈페이지_http://www.mindbooks.co.kr
출판등록_제2015-000032호
ⓒ 권혁재, 2016

ISBN 978-89-97508-30-3 03810